천문학자는 별을 보지 않는다

천문학자는 별을 보지 않는다

심채경
지음

문학동네

차례

3부. 아주 짧은 천문학 수업

4부. 우리는 모두 태양계 사람들

저게 대체 뭘까 싶은 것에 즐겁게 몰두하는 사람들

프롤로그

오랜 친구 중에 화가가 된 이가 있다. 오랜 친구가 대부분 그렇듯, 자주 보는 사이는 아니지만 몇 년에 한 번쯤 만나는 가늘고 긴 인연을 어쨌든 이어오고 있다. 어린이와 청소년의 중간쯤 되는 무료하던 시절, 우리는 때때로 각자 읽을거리를 들고 만나 해가 뉘엿뉘엿 저물 때까지 책을 보다 돌아오곤 했다. 읽을거리 중에는 가끔 『뉴턴』도 있었다. 진홍색 테두리의 과학 월간지. 그 안에는 허블 우주망원경이 보내온 신비로운 성운과 은하의 사진이 잡지의 두 쪽, 때로는 네 쪽에 펼쳐져 있었다. 태양계 저멀리 타이탄이라는 곳에도 험준한 계곡과 바다가 있다고 했다. 망망대해 위에 홀로 배를 탄 사람이 수평선 너머로 지는 거대한 토성을 바라보는 상상도도 실렸다. 우리는 머리를 맞대고 잡지 속 우주를 한참이나 바라보았다.

오랜 친구가 흔히 그렇듯 서로 어디로 흘러가는지 모르고 지내다 문득 다시 만나게 되었을 때, 친구는 미술을 전공하는 유학생이 되어 있었다. 졸업하고도 계속 그림을 그릴 거라고 했다. 화가가 되면 뭐해서 먹고사느냐고 물었더니, 이래서 공대생은 안 된다고 했다. 나는 공대가 아니고 자연대라고 선을 그었다. 그럼 자연대 나온 천문학자는 돈을 많이 버느냐고 했다. 눈물 나는 노력 끝에 입학했다는 그 미술대학의 명성을 전혀 몰라 미안했던 나는 조용히 입을 다물었다. 사실 속으로는 조금 놀란 채였다. 뭐해서 먹고사느냐는, 걱정인 듯 걱정 아닌 그 질문을 내가 하다니. 나는 언제나 그 질문을 받는 쪽이다.

내가 천문학을 한다고 하면 상대방은 일단 눈을 크게 뜬다. "오, 신기하다"라고 거의 반사적으로 말한 다음, 내가 매일 밤 망원경으로 별을 보는지, 대학에서 별자리를 배웠는지 궁금해한다. 평소 하늘을 자주 올려다보는 사람이라면 며칠 전에 유독 밝은 별을 보았는데 그게 뭐였는지 묻거나, 근방에서 별 보기에 좋은 장소를 추천해달라고 한다. 별자리 운세에 나오는 황도 12궁이 13궁으로 바뀐다는 얘기가 있던데 그게 무슨 뜻이냐고 묻는 이도 더러 있다. 황도는 태양이 지나가는 길이고, 별자리는 항상 같은 곳에 있는데 지구가 자전할 때 팽이처럼 한쪽으로 기울었다가 스르르 다른 쪽으로 기울었다가 하느라고 기준 면이 아주 조금씩 바뀌니 고대로부터 내려오는 별자리 위치가 오늘날은 조금 틀어져 보일 수도 있을 것이라는 짐작 섞인 설명은 시작한 지 십오 초 이상 지나면 정적을 불러일으키는 놀라운 기능이 있다. 상대방은 이미 내가 앉아 있는 뒤쪽 벽의 무늬를 감상하는 중이고, 나는 입으로는 말을 하면서도 생각에 빠져들기 때문이다. 가만있자, 지구 세차운동 주기가 2만 5000년도 넘을 텐데, 그러면 황도 12궁이 정립된 게 적어도 만 년에서 오륙천 년 전이라는 건가? 주기 동안의 각도 변화량에 따라서 다르기는 하겠지만 아주 대단히 틀리진 않은 것 같아. 그러고 보니 언제부턴가 우리 사이가 대단히 차분해졌네. 이제 마치 아무 일도 없었다는 듯 무언가 다른 화제를 꺼내야 하는군. 무슨 말을 해야 자연스럽지?

그런 설명을 끝까지 할 수 있는 경우는 내가 강연장에서 마이크를 잡고 서 있을 때뿐이라는 사실을 깨닫고는, 나도 인터넷에서 찾아보았다. 논란의 주인공인 뱀주인자리는 한쪽 끝이 황도에 약간 걸쳐 있어서 황도상의 중요 별자리에 포함되어야 한다는 지적이 무려 그리스시대부터 있었다고 한다. 나는 또 생각에 빠져든다. 황도상에서 각 별자리가 차지하는 넓이가 처녀자리 같은 것은 넓고 전갈자리는 좁은데, 그러면 생일 별자리를 나눌 때 실제 별자리의 크기에 비례해서 날짜 구간을 나눠야 하는 게 아닐까? 하지만 이제는 그런 생각은 접어두고, 이렇게 얘기한다. "아, 뱀주인자리요? 그거 원래부터 거기 있던 거예요. 근데 자기 별자리가 뱀주인자리로 바뀐다고 하면 기분이 좀 이상하지 않을까요?"

『뉴턴』을 보면서 천문학자의 꿈을 키웠다고 하면 좀 멋있어 보일 텐데, 아쉽게도 그건 아니다. 잡지 속 설명은 읽지도 않고 멋진 사진과 그림을 보며 감탄할 뿐이었다. 가을로 넘어가는 여름의 끝자락에 동네 뒷산에 올라 군데군데 구름을 머금은 붉은 노을을 바라볼 때처럼. 수학이나 과학 과목에서 특별한 재능을 발휘한 적도 없었다. 자율학습 시간에는 영어 독해 교재를 펼쳐놓고 이야기책 보듯이 지문만 읽거나, 오래된 팝송 가사를 베껴 적으며 시간을 보내는 때가 많았다. '문과'와 '이과'의 기로에서 내가 이과를 택하자 친구들이 비웃으며 장난하지 말라고 한 걸 보면, 확실히 '과학자 타입'은 아니었던 것 같다. 각종 수학·과학 경시대회에서 일등을 휩쓰는 모범적인 사건도, 가전제품을 분해·조립하다 불을 내는 깜찍 발랄한 사건도 없었다. 적당히 성실하게 굴면 어른들은 쉽게 안심했고, 그러면 신임과 방임 사이의 어드메에서 나는 동네 뒷산을 쏘다니고 PC통신 속 세계도 실컷 돌아다녔다. 수도권 가장자리의 공업도시였다. 은하수가 수놓인 밤하늘도, 근사한 망원경이 잔뜩 세워진 가게를 들여다볼 기회도 없었다.

◦◦◦

엉뚱한 시작이었다. 수업하던 선생님이 갑자기 뒤돌아 칠판에 바짝 달라붙더니 몸을 잔뜩 웅크려 아무도 보지 못하게 하고는 칠판에 무언가를 표시했다. 수업은 열심히 하지만 학생들에게 친밀감이나 유대감을 주는 선생님은 아니었다. 재밌거나 반대로 성마른 사람도 아니었고, 담당 과목조차 국영수도 예체능도 아닌 지구과학이었다. 갑자기 너무 조용해져서 졸고 있던 학생들도 눈을 떴을 무렵, 선생님이 맨 뒤에 앉은 학생에게 물었다.

"내가 여기 점을 몇 개 찍었죠?"
"한 개요."
맨 앞에 앉은 학생에게 똑같이 물었다.
"두 개요."

연주시차였다. 지구가 태양 주위를 매년 한 바퀴씩 돌면서, 이쪽 끝에 있을 때와 반대쪽 끝에 있을 때 별의 위치가 약간 다르게 보인다. 마치 왼쪽 눈만 뜨고 볼 때와 오른쪽 눈만 뜨고 볼 때 책상 위 물건의 위치가 달라 보이는 것처럼 말이다. 대신 멀리 있는 산이나 건물의 위치는 그다지 달라지지 않는다. 별도 마찬가지다. 멀리 있으면 지구가 6개월에 한 번씩 오른쪽 왼쪽에서 본다고 해도 그 자리에 있는 것 같지만, 가까이 있는 별은 위치가 달라 보인다. 반대로 말하자면 시차가 클수록 가까운 별이다. 지구가 일 년 동안 더 큰 원을 그리며 돈다면 별의 연주시차는 더 클 것이다. 거리와 각도, 시차를 설명하기 위해 칠판에 옴싹 달라붙어서, 모두가 보고 있지만 아무도 보지 못하게 애쓰며 점 두 개를 칠판에 찍고는 돌아서서 이토록 흥미진진한 것은 없다는 듯한 표정으로 학생들을 바라보던 그 순간, 무미건조한 중년 아저씨의 눈에서 반짝, 소년이 지나갔다. 술이나 산해진미도 아니고, 복권 당첨도 아닌데. 하다못해 아름다운 '연주씨'를 만난 것도 아니고 그냥 연주시차. 지난 십몇 년 동안 한 해에 예닐곱 반에서 똑같은 설명을 했을 텐데 어째서 연주시차 따위가 저 사람을 그리 즐겁게 하는 것인지 몹시 궁금했다. 일 년 뒤, 나는 지구과학 경시대회에 나가서 어쭙잖은 상을 탔다.

대학에 들어갔더니 그런 귀여운 교수님들이 또 있었다. 퇴임을 목전에 둔 할아버지 교수님께 기본천문학 강의를 들었다. 우리나라 천문학자 1세대에 속하는 분인데, 그 연세에도 키가 크고 기골이 장대하셔서 천문학자가 아니라 조선시대 최고 무관이라고 해도 어울리는 분이었다. 그런 장수 같은 사람이 칠판에 별을 그릴 때면 어찌나 작고 예쁘고 단정하게 그리는지. 나는 교수님이 별을 그릴 때마다 너무 귀여워서 속으로 쿡쿡 웃었다. 칠판에 별을 그릴 일은 자주 있었다. 중요한 부분이라서가 아니라 정말 보이는 그대로 별을 논하니까 별. 성단을 논하니까 또 별.

귀엽기로는 내 지도교수님도 만만치 않았다. 일주일에 한 번 대학원생 제자들과 회의를 하셨다. 이공계 대학원에서 흔히 '랩 미팅'이라고 부르는 이 회의는 그야말로 대학원 생활의 꽃이다. '꽃 같다'는 말이 중의적으로 쓰인다는 점에 대해서는 부연 설명하지 않겠다. 회의 준비로 이틀 전부터 소화불량에 시달리고 하루 전날은 밤새 컴퓨터 앞에 앉아 수식의 오타나 그래프와 씨름을 하다가, 살벌한 회의 끝에는 자괴감과 무력감에 빠져 허덕이다보면 다시 다음 회의를 준비해야 할 시간이 돌아오는 것이 흔한 대학원 생활이다. 그런데 내가 있던 연구실은 좀 달랐다. 학생들이 일주일 동안 각자 얼마나 멍청한 일을 했는지 보고를 마치면 교수님은

씩 웃으며 당신께서 일주일 동안 한 일을 자랑스럽게 소개하셨다. 목성이나 토성의 관측자료를 얻은 것에서부터, 동료 학자 누구와 어떤 이메일을 주고받았으며, 행성 대기 모델 계산 코드를 어떻게 개선했는지에 대해서, 마치 일주일 동안 그 순간만을 기다려온 사람처럼 즐거워하며 랩 미팅의 마지막 발표를 장식했다. 대학원 시절부터 사용해온 당신의 모델을 육십이 넘도록 끊임없이 바꾸고 고치고 손보는 사람이었다. 그것도 그토록 즐겁게.

그런 사람들이 좋았다. 남들이 보기엔 저게 대체 뭘까 싶은 것에 즐겁게 몰두하는 사람들. 남에게 해를 끼치거나 정치적 싸움을 만들어내지도 않을, 대단한 명예나 부가 따라오는 것도 아니요, 텔레비전이나 휴대전화처럼 보편적인 삶의 방식을 바꿔놓을 영향력을 지닌 것도 아닌 그런 일에 열정을 바치는 사람들. 신호가 도달하는 데만 수백 년 걸릴 곳에 하염없이 전파를 흘려보내며 온 우주에 과연 '우리뿐인가'를 깊이 생각하는 무해한 사람들. 나는 그런 사람들을 동경한다. 그리고 그들이 동경하는 하늘을, 자연을, 우주를 함께 동경한다.

그날 친구는 화가가 먹고사는 방법에 대해 끝내 한마디도 해주지 않았다. 나 역시 천문학자가 어떻게 경제적 궁핍을 면하는지 말해주지 않았는데, 사실 나도 잘 모르기 때문이었다. 대신 헤어질 무렵, 친구는 내가 천문학자가 되어서 좋다고 했다. 나는 그 친구가 무엇이어도 좋았지만, 열정적이고 무해하고 아름다운 화가라는 점이 특별히 마음에 들었다. 숨막히게 아름다웠던 잡지 속 우주로부터 한 사람은 아름다움을 향해, 한 사람은 우주를 향해 날아가고 있다.

1부

대학의 비정규직 행성과학자

○

시간을 날아온 카시니

대학에 입학하고 2년 정도는 인공위성을 관측하는 대학원 선배들을 따라다녔다. 그러다보니 연구실에 책상을 하나 얻고, 교수님과 함께하는 연구실 회식에 고정 멤버로 참석하게 되었다. 선배들은 작은 망원경으로 초기 테스트를 마친 뒤 본격적으로 망원경을 제작하고 자연대 건물 옥상에 천문대를 설치했다. 주경primary mirror이 40센티미터 정도 되는 망원경은 크기도 크고 무거워서, 망원경을 받치는 지지대를 바닥에 고정하고 그 위에 시멘트를 발랐다. 바닥에 레일을 두고 그 위로 벽과 천장만 있는 컨테이너를 올려 슬라이딩 돔을 만들었다. 평소에는 돔 안에 있지만, 관측할 때 문을 열고 돔을 밀어버리면 망원경은 당당한 위용을 자랑하며 모습을 드러냈다.

고척 스카이돔처럼 동그란 지붕이 얹힌 것도 아니고, 서울랜드의 '지구별'처럼 완전히 구형도 아닌데 그래도 '돔'이라고 불렀다. 흔히 천문대는 반구형의 지붕을 이고 있다. 관측할 때면 지붕 일부가 열린다. 자동차 선루프처럼 위로 혹은 옆으로 열려 하늘을 볼 수 있는 커다란 천창天窓을 만든다. 망원경이 하늘의 다른 부분을 볼 때는 시야가 가려지지 않도록 망원경의 방향에 맞게 돔이 통째로 돌아간다. 학교 천문대의 돔을 점검할 때 위로 올라가 열린 부분으로 나가보면, 약간 무섭긴 해도 그렇게 상쾌할 수가 없었다. 바람에 몸이 좀 떨리기도 했는데, 까불다가 낙상해 팔다리 혹은 그 이상을 못 쓰게 될 위험 때문에 떨리는 것이었을 수도 있다.

자연대 옥상의 '네모 돔'에는 다른 종류의 낭만이 있었다. 관측의 시작과 끝에 꼭 두 명이 필요했기 때문이다. '수동' 슬라이딩이어서다. 레일 위에 올려놓았다고는 해도 무거운 네모 돔 컨테이너를 밀기에는 한 사람의 힘으로 역부족이었다. 잠시 사용할 임시 관측소라서 버튼만 누르면 스르르 열리는 장치 따위를 갖출 필요는 없었다. 사람 힘으로 밀면 되지. 오라이, 오라이!

잡일이 많을 때까지는 그곳을 계속 기웃거릴 수 있었지

만, 선배들이 본격적인 연구에 돌입하자 특별히 할 일이 없게 되었다. 관측은 잠깐이지만 관측자료를 처리하고 분석하는 데는 여러 날이 걸린다. 이틀치 관측자료를 몇 개월씩 붙잡고 있는 일도 다반사인데, 그 기간은 오롯이 연구자 개인의 몫이다. 내 수준에서는 할 줄 아는 게 없었으니 할 수 있는 것도 없었고, 네모 돔 수동 슬라이딩에 노동력을 기여할 기회마저 점차 줄어들었다. '학부 연구생이란 무엇인가' 하는, 정체성에 관한 질문의 시간이 찾아왔다. 그러면서도 연구실을 떠나야 한다는 생각은 하지 않았는데, 첫째는 내가 연구실 소속인지 아닌지 나도 잘 모르기 때문이었으며, 둘째는 늘 학교 앞 쌀국숫집에서 점심을 먹는 것이 전부인 연구실 회식이 아주 마음에 들어서였다.

그날도 정문 건너편 쌀국숫집 단체석에 모여 앉아 'N2 스몰'(소고기가 든 쌀국수)을 여남은 개 주문한 참이었다. 교수님이 구인 공고를 냈다. "목성 스펙트럼을 찍어 왔는데 처리할 사람이 없어. 누가 해볼래?" 대학원생 선배들은 이미 각자 맡은 연구 주제가 있었다. 참석자 중 마땅히 할 일이 없는 사람은 유일한 학부생인 나뿐이었으므로, 기쁜 마음으로 손을 들었다. 그러고는 외쳤다. 태양에서 1AU 거리에 있는 지구에서부터 5AU 거리의 목성으로 순간이동하는 주문을. 그때의 나를 오늘날의 나로 만든 바로 그 주문을. 그건 아주 짧고 간단한 문장이었다. "저요!"

∘∘∘

혜성을 연구하던 선배가 보현산 천문대에서 찍어 온 것은 목성의 대기 스펙트럼이었다. 목성에는 기체가 너무 많아서 상공에서 아래로 아무리 많이 내려가도 표면이 어디인지 아무도 모른다. 미국의 과학자들이 목성의 표면을 찾으려고 '갈릴레오'라는 이름의 탐사선을 아래로 아래로 내려 보낸 적이 있는데, 통신이 끊기는 순간까지 내내 구름과 바람만이 기록되었다. 그러니까 목성을 찍었다면 목성 대기를 찍었다는 말과 같다. 대기를 구성하는 물질의 스펙트럼을 보면, 각자 정해진 파장에서 삐죽삐죽 방출선을 내보인다. 얼핏 보면 바코드처럼 보이는데, 역할도 바코드와 비슷하다. 어떤 물질이 어떤 온도와 압력 상황에 있는지 알아볼 수 있다. 물론 '띡' 찍어서 바로 정보가 나오지는 않는다. 다양한 물질이 한데 섞여 있으니 누구누구의 방출선인지 한눈에 알아보기가 어렵다. 그런 면에서 스펙트럼은 『어린 왕자』의 '모자 그림'과 같은 존재라고나 할까. 스펙트럼을 분석한다는 것은 그 그림 안에 들어 있는 보아뱀과 코끼리의 피부색과 자세와 몸무게와 나이를 알아내기 위해 여러 가지 샘플을 하나씩 맞춰보는 것과 비슷한 작업이다. 게다가 목성 대기에 있는 성분은 지구 대기에도 있으므로 잘 찾아서 분리해야 한다. 대기권 밖에서 관측할 수 있다면 참 좋으련만.

관측할 때 옅은 구름이나 안개가 있었다면 더욱 조심해야 하는데, 안타깝게도 내게 주어진 관측 로그에는 그날 밤 습도가 89퍼센트에 달했다고 적혀 있었다. 봄비라도 맞으며 관측을 한 것일까. 아니면 누가 망원경 옆에서 샤워라도 한 것일까. 게다가 관측에 사용된 분광기는 당시 막 설치된, 우리나라에서 가장 좋은 고분산 에셸분광기 BOES였다. 고분산 에셸을 썼다는 건 곧 관측 스펙트럼에 바늘처럼 뾰족한 방출선이 수두룩 빽빽하게 존재하며, 내가 그 바늘 모양의 정체를 각각 찾아서 제대로 된 이름표를 붙여줘야 한다는 뜻이었다. 기준 지표로 삼으려고 방출선의 파장을 일일이 찾아 손으로 입력한 것만 2000개가 넘었다.

일을 많이 했다고 해서 늘 좋은 결과가 보장되는 것은 아니다. 고분산 자료를 처리하기에는 내가 너무 초보였고, 관측 당일의 환경은, 습도 89퍼센트에서 짐작할 수 있듯이, 그리 좋지 않았다. 내가 자료 처리 결과를 가져갈 때마다 교수님은 목성에서 새로운 분광선을 끊임없이 발견해냈는데, 그건 우리 연구실에서 『네이처』에 실릴 논문을 쓰게 된다는 의미가 아니라, 회의가 끝난 뒤 내가 자료 처리를 다시 하게 된다는 것을 의미했다. 수많은 시도 끝에, 습도 89퍼센트의 목성 에셸분광 자료는 시디에 곱게 봉인되어 연구실 서랍 깊은 곳에 영면하였다.

놀랍게도 나의 분광선 발견 대잔치는 거기서 멈추지 않고 쭉 계속되었다. 나중에 안 사실이지만, 교수님들은 한번 들어온 제자를 잘 내쫓지 않는다. 대단한 영재가 아닌 다음에야 제자라고 해도 다 성인 아닌가. 자기 인생은 자기가 선택하고 책임지는 것이다. 그리고 애초부터 대한민국에서 천문학자가 되겠다고 대학원을 얼쩡거리는 사람은 아무리 말려도 소용없는 종자들이라는 것을 교수님들은 경험적으로 잘 알고 있다. 인생 고민을 잘 들어주시지만 결론은 늘 '알아서 해라'인 교수님 덕분에, 인공위성 추적팀에 있던 내 책상은 '행성방'으로 옮겨 갔고, 모니터 속 스펙트럼은 목성으로 토성으로 혜성으로 옮겨가며 태양계를 종횡무진했다. 관측자료 처리는 학부생 수준에서도 성실하기만 하면 할 수 있었고, 그저 엉덩이 붙이고 모니터 앞에 오래 앉아 있는 일, 조금 전까지 137번쯤 해봤던 것을 138번째 다시 해보는 따위의 일은 내 적성에 잘 맞았다.

그러니까 내가 기죽지도 않고 두번째로 "저요!"를 외친 것은 당연한 일이었다. 누가 타이탄을 좀 하겠느냐는 교수님의 질문에 냅다 손을 든 것이다. 카시니 탐사선이 토성 궤도에 도착해 새로운 데이터를 쏟아내고 있는데, 분석할 사람이 부족하다고 했다. 타이탄은 토성의 위성인데, 지구와 비슷한 환경인데다 생명체를 구성하는 유기물질이 많아 카시니의 주요 탐사 대상 중 하나였다. 선배들은 교수님의 원래 전문 분야인 목성과 토성 연구에 집중하고 있었기에, 타이탄처럼 영 딴판인 처음 보는 세계에 뛰어들 사람은 전문 분야 없이 각종 관측자료 처리만 돕고 있던 나일 수밖에 없었다.

상당한 시간을 컴퓨터 앞에서 보낸 후, 국내에서 유일무이한 '타이탄 전공자'가 되어 대학원을 졸업했다. 물론 모든 박사는 유일무이한 존재다. 남의 연구를 그대로 따라 하는 사람에게 주는 학위는 없기 때문이다. 다만, 내가 유일무이하다고 감히 말할 수 있는 이유는 한국에서는 타이탄에 관심을, 학위논문 주제로 삼을 만큼의 관심을 갖는 자가 나 이후로는 아직까지 아무도 없기 때문이다. 내 연구가 그렇게 지루해 보였나. 하하. 난 괜찮으니 혹시 지금 안쓰럽다는 표정을 하고 있다면 거두길 바란다. 국내 천문학계는 대단히 좁은데, 천문학의 범위는 천문학적으로 넓어서 관심을 줄 대상이 너무 많다. 그리고 유일무이한 존재가 되는 것은 외롭지만 아주 흥미로운 일이다.

어느 날, 과 후배 하나가 내게 물었다. "선배는 언제부터 타이탄을 하고 싶었어요?" 질문을 듣고 한참을 생각해보았지만, 이렇다 할 계기가 없었다. 난 어릴 때부터 '서른 살 즈음에는 외제차를 타고 고층 오피스텔에 살며 매일 정장을 빼입고 다니는 직장인이 되어 있겠지' 같은 허상 말고는 별다른 목표가 없는 인간이었다. 그저 오늘 할 일 오늘 하면서 사는 타입이다. 그게 잘 안 될 때도 많지만, 그러려고 노력은 한다. 그러니 내가 '타이탄 전문가가 되고야 말겠어!' 하는 다짐 같은 걸 했을 리 없다. 어쩌다보니 '행성방'이라 불리는 연구실에 들어갔고, 어쩌다보니 아무도 손댄 적 없는 타이탄 관측자료가 내 손에 쥐였을 뿐이다. 어쩌면 한 번도 선택된 적이 없었기에, 오히려 더 절대적인 연구 주제가 되었달까.

카시니는 1997년 지구를 떠나 여러 행성을 경유하며 약 7년간의 항해 끝에 토성 궤도에 도착했다. 인류가 타이탄을 탐사한 건 그때가 처음이었다. 모든 사진이 다 인류가 처음 목격하는 장면이었다. 그동안 예측했던 연구 내용이 맞아떨어졌음에 환희를 느끼고 있을, 카시니 탐사를 처음부터 계획한 거장 행성과학자들을 상상해보았다. 그리고 동시대에 존재하는 초보 행성과학자들에게만 주어진, 타이탄을 최초로 목격하는 그 행운을 두고두고 곱씹었다. 그런 걸 생각할 때면, 엔셀라두스, 피비, 아이아페투스…… 읽기도 힘든 토성의 수많은 위성들의 이름이 우주로 날아오르는 마법의 주문처럼 느껴졌다. 1997년이라니, 어느 대학 무슨 과는커녕 어느 고등학교에 갈지도 모르던 때였다. 발사됐는지 어쨌는지 알지도 못했던 카시니가 내가 대학원에 진학하려는 그 시점에 7년이라는 시간을 날아—내 머릿속에서는 빛의 속도로—타이탄 코앞에 도착해버린 건 정말 흥미진진한 일이다.

슬럼가에서 나고 자란 소년 자말이 퀴즈쇼에 나가 우승하는 영화 〈슬럼독 밀리어네어〉는 이렇게 시작한다.

"자말은 어떻게 퀴즈쇼 결승에 올랐을까?"

A. 부정행위를 했다.
B. 운이 좋았다.
C. 천재다.
D. 모든 것은 운명이었다.

박사님이시네요

고등학교 졸업장보다 운전면허증을 먼저 땄다. 수능시험을 치른 뒤 딱히 할 일이 없던 차에 운전면허 학원 현수막이 눈에 들어왔다. 2박3일 속성 과정에 등록했더니 그야말로 아침부터 저녁까지 운전석에 앉아 있게 했다. 강습용 트럭은 낡고 핸들도 뻑뻑해서 저녁이면 팔이 후들거릴 지경이었다. 기능시험을 보는 날은 아침부터 희끗희끗 눈발이 날렸다. 대기실에 앉아 있는 응시자들은 나이가 많아봐야 이십대 초반으로 보이는 청년 하나와 나, 그리고 오십대 전후의 아저씨들이었다. '응시자 연령대가 꽤 다양하구나' 생각하던 차에 여성 경찰관이 들어와서 고압적인 태도로 한마디했다.

"눈 온다고 봐드리고 그런 것 없습니다. 이 정도 코스, 저는 5~6분이면 도는데 12분이니까 충분하시죠?"

굳이 경찰이 들어와서 그런 말을 하는 이유를 그때는 몰랐다. 그날 응시자의 대다수를 차지한 중년 남성들은 여러 가지 이유로 면허가 취소되어 다시 따러 온 사람들이었다. 단지 그 시점에 면허가 없을 뿐, 오랜 운전 경력의 보유자들이었을 것이다. 시험이 끝난 뒤, 대담하게도 주차장에서 직접 차를 몰고 나가는 응시자도 있었다. 하지만 같은 교시에 시험을 본 사람 중에 합격자는 나와 이십대 초반의 청년, 둘뿐이었다. 기능시험 코스를 집중적으로 연습하고 시험용 운전 공식을 달달 외워 온, 도로에는 아직 한 번도 나가보지 않은 사람들만 합격한 셈이다. 그때는 면허시험이 간소화되기 전이라 기능시험에 경사로, T자, S자, 평행주차 등 여러 코스가 포함되어 있었고 채점 기준도 까다로웠다. 도로교통공단은 오래 운전을 해왔던 사람들이 시험 준비를 따로 하지 않고 왔다가 탈락하는 것을 자주 보았을 것이다. 그러니 눈 때문에 경사로가 얼었다거나 제한시간을 늘려달라는 등 그들로서는 성가실 민원을 사전에 차단하기 위해 나름대로 예방 조치를 했던 것이겠지.

운전면허가 있다고 운전을 잘하는 것은 아니다. 갓 면허를 딴 사람이나 면허를 따기만 하고 오래 묵혀둔 '장롱면허'

보유자들은 운전을 허가받은 부류에 속하지만, 운전은 영 서툴다. 그런 의미에서 박사학위는 일종의 운전면허 같은 것이다. 박사학위 보유자를 대상으로 하는 채용 기회에 지원할 수 있고, 연구사업 제안서를 낼 기회가 많아진다. 천문학에서는 박사가 되면 천문대에 관측 제안서를 제출할 수 있고, 채택될 경우 단독 관측도 할 수 있다.

아직 박사 수료생이던 시절, 박사가 아니어도 대학 강의를 할 수는 있었지만 행정 담당자가 시간강사인 나를 습관적으로 '박사님'이라고 부를 때 '아니, 사실은 박사 수료니까 그렇게 부르지 말라고 해야 하나?' 하는 잡생각을 했다. 전업 박사 수료생. 필요한 학점은 다 이수했으나 방학도 없이 학교에 나오며, 언제 졸업할지는 누구도 모르는 상태. 그만두기엔 아깝다고 생각할 때가 제일 덜 아까울 때일까 늘 궁금해하며, 남은 경제력과 남은 정신력을 자꾸만 저울에 달아보는 시기. 지금 그만두면 분식집을 차려도 '박사네 떡볶이' 간판을 못 다니까 억울해서 안 된다고 농을 치며, '그런데 법적으로 정말 안 되나?' 하고 비눗방울 같은 물음표를 달아보던 그때. 아직 '심 박사'가 아니라 박사 수료니까 '심박수'라며 2PM의 노래 후렴구 '리슨 투 마이 핫비트'를 흥얼거리던, 그런 어느 날의 일기를 꺼냈다.

거짓말 조금 보태서 모니터 높이까지 서류와 논문과 보고서가 뒤엉켜 있던 책상을 정리했다. 서랍도 뒤져서 삼분의 일쯤을 비워내고, 책꽂이의 잡동사니를 서랍에 집어넣었다. 지난 몇 달간 아마 한 큐빅 분량은 버린 것 같은데 아직도 뭐가 많다. 몇 상자나 되는 논문들. 부끄럽게도 그것들은 내 머릿속 대신 책꽂이만 오래 차지하고 있다.

나도 강의라는 걸 '하게' 될 날이 서서히 다가오고 있음을 감지했을 때, 일 년 반이나 이 년쯤에 걸쳐 아주 천천히 마음을 다졌다. 강단 위에 설 때쯤엔 더 단단한 사람이 되어 있길 바랐기 때문이었던가. 심정적 대비가 갖춰지기가 무섭게 강의 자리가 들어왔다. 마치 신이 내게, 그래 너 준비가 되어 있구나, 하고 말하듯이. 교양 강의에서 천문학의 매력을 느낀 학생들은 스승의날에 내게도 꽃을 내밀었고, 초보 시간강사와 기 싸움을 하려드는 학생들은 나를 부를 때 '강사님'이라고 했다. 교수자이긴 하지만 교수는 아니며, 박사과정을 수료했지만 아직 박사가 아니던 때였다. '교수님'이나 '박사님'이라고 불릴 때마다 아무렇지 않지 않았다.

떠날 날은 멀었고 그럴 자격도 갖추지 못했건만, 연구실을 떠나는 연습을 한다. 버리고 또 버리면서 마음을 같이 비운다. 나는 안다. 내가 이곳을 얼마나 사랑해왔는지. 여기서 내가 얼마나 큰 위안과 기쁨을 얻어왔는지. 이곳이 내게 얼마나 큰 휴식이었는지. 이곳에 머무는 동안 병을 얻고 치료하고 또 얻고 버텼다. 연애를 하고 헤어지고 또 연애를 하고 결혼을 했다. 아이가 잘 때 틈틈이 만든 프로그램 코드에서 몇 달 만에 치명적인 오타를 발견하고 망연자실했다. 한 해에 며칠은 관측하러 다녀오고 나머지 기간에는 관측한 자료를 분석하거나 다음 관측계획을 세웠다. 노래를 부르고 싸우고 화내고 성공하고 실패했던 곳, 군대에 다녀온 것도 아니고 휴학을 하고서도 나는 연구실에 나와 책상 앞에 앉아 있었다.

의식하지 못하는 새, 빠른 밀물이 나를 이곳에 옮겨놓았다. 해변을 걷다보니 어느새 물속에서 노닐고 있었는데, 이제 물 밖으로 나가면 바람이 분다. 젖은 옷이 마를 때까지 나는 이를 딱딱 부딪으며 오들오들 떨어야 한다. 몸을 쑤욱 내밀기 전에 크게 숨을 들이켠다. 아직 나가지 못했다. 한 번 더 크게 숨을 쉰다. 아직도 나가지 못했다.

해변 저기 멀리에 내가 오래전 떠나왔던 돗자리가 보인다. 떠나올 땐 운동장처럼 느껴졌던 돗자리가 이젠 손바닥만해 보인다. 물이 뚝뚝 떨어지는 나는 이제 맨발로 걸어야 한다. 발밑이 고운 모래사장이든 거친 현무암이든 가도 가도 끝없는 개펄이든 간에.

육지는 꼭 바다처럼 넓어서, 나는 어디로 가야 할지 종잡을 수 없다. 기러기가 창공을 가로지르다 내 어깨에 물똥을 지린다. 아, 여기가 이제 내 집이구나, 하며 햇빛을 피해 눈을 살짝 찌푸리고 하늘을 올려다보는 나를 상상한다. 떠날 준비를 한다. 어디로 가든, 그동안 참 잘했어, 하고 나 자신을 격려한다. 안녕, 이라고. 1000만분의 1 데시벨로 말해본다.

일기 속에는 두려워하는 내가 있다. 졸업할 수는 있는 걸까 두려웠고, 졸업 후에는 어떻게 살아야 할지 두려웠다. 어쩌면 졸업 후의 더 큰 두려움을 유예하기 위해 수료생의 고뇌에 천착했는지도 모른다. 돌이켜 생각해보건대, 도중에 그만두지 못했던 것은 떠날 용기가 없어서였다. 그러나 남은 채 버텨내는 데도 역시 대단한 용기가 필요했다. 떠난 이들은 남지 못한 게 아니라 남지 않기를 선택한 것이었고, 남은 이들은 떠나지 못한 게 아니라 떠나지 않기를 선택한 것이었다. 이제는 안다. 어느 쪽을 선택했든 묵묵히 그 길을 걸으면 된다는 것을. 파도에 이겨도 보고 져도 보는 경험이 나를 노련한 뱃사람으로 만들어주리라는 것을.

다시 새로움을 향해 떠나야 할 때, 크기를 가늠할 수 없는 파도가 밀려오는 것을 느낄 때, 나는 과거의 나를 찾아간다.

과거의 나는 언제나 변함없이 나를 토닥여주고, 쓰다듬어주고, 따뜻한 밥 한술 먹인 뒤 과감히 등 떠밀어 다시 세상으로 돌려보내준다. 여러 길로 갈라진 평행우주 속 용감히 떠난 나와 용감히 남은 나, 모두를 찬양한다. 그렇게 또 한발 내딛는 연습을 한다. May the force be with me.

∘∘∘

박사가 되고 나니 이제는 누가 나를 '박사님'이라고 부를 때의 복잡 미묘한 감정은 사라졌다. 과장, 차장이나 중령, 대령은 몇 년 후에 칭호가 바뀌는데, 박사는 아무리 시간이 오래 흘러도 여전히 박사라고 불릴 수 있으니 세상 간편하기까지 하다. 심지어 죽으면 비문에도 '박사'라고 새긴다나. 박사가 되는 것은 내 이름 외에 불멸의 호칭을 하나 더 갖게 되는 것이다. 그러나 모든 박사가 훌륭한 학자인 것은 아니며, 모든 질문에 학문적으로 옳은 답을 내놓는 척척박사인 것은 더더욱 아니다. '자, 박사가 되었으니 이제부터 갑질을 시작하지' 따위의 상황도 절대로 오지 않는다. 그저 박사학위는 운전면허 같은 것이라는 너스레를 떨 수 있을 뿐이다.

누구에게나 그렇듯이, 삶은 끊임없는 평가의 연속이다. 연구한 내용을 학회에서 발표하면 그 자리에서 곧장 신랄한 지적이 들어온다. 논문으로 써서 제출하면 심사자가 이것저것 고치라고 하거나, 이건 논문감이 아니라며 승인을 거절해버릴 수도 있다. 허접한 논문을 제출했는데 운이 좋게 너그러운 심사자를 만나 출판이 되어도 문제다. 내 잘못이 '박제'되는 결과를 낳기 때문이다. 'A가 ○○년도에 발표한 논문에 의하면 이러이러한 성질이 제안되었으나 이는 B의 영향을 제대로 고려하지 않은 채 성급한 결론을 낸 것으로 보이며, B를 고려해 다시 분석해보면 실제로는 저러저러하다'라는 문장이 남들의 논문에 등장해 공개적으로 반박당할 수도 있다.

논문을 심사하는 입장이어도 마음이 편치만은 않다. 논문 심사는 같은 분야의 동료 학자들이 하므로, 내가 논문을 투고할 때도 있지만 남이 투고한 것을 심사하기도 한다. 심사자 본인이 스스로 밝히는 경우를 제외하면 보통은 익명을 전제로 하지만, 적어도 편집자는 심사자가 누구인지 안다. 그러니 심사를 대충 할 수가 없다. 게다가 편집자 역시 학계에서 활동하는 사람이다. 따라서 내가 논리적이고 예리하며 사려 깊고 성실하기까지 한, 그래서 꽤 쓸 만한 학자라고 보일 수 있도록 신중을 기해 심사를 한다. 심사자가 두 명 이상이면 더욱 신경쓰인다. 논문에 중대한 오류가 있었는데 나는 발견하지 못하고 다른 심사자만 찾아내지는 않을까 내심 걱정된다. 보다 근본적인 걱정거리는, 논문의 문제점을 아예 발견하지 못하고 승인해버리는 일이다. 대개는 수년간 다른 학자들이 혼란을 겪은 끝에 오류가 지적된다. 심사평을 익명으로 냈다고 하더라도, 나 자신은 스스로에게 가혹한 평가를 내릴 수밖에 없을 것이다. 그런 일은 평생 경험할 일이 없기를 바랄 뿐이다.

연구비를 얻기 위해 사업 제안서를 내도 심사 끝에 일부만이 선정된다. 연구비가 없으면 대형 시뮬레이션을 위해 서버를 구축하거나 값비싼 실험장비를 구입할 수 없는 것은 물론이요, 컴퓨터를 사거나 학회에 참석하는 것도 포기하거나 사비로 충당해야 한다. 지도해야 할 대학원생이 딸려 있다면 그들에게 연구비도 줄 수 없으니 다른 팀으로 보내야 한다. 계약직 신분이라면 조만간 다른 직장을 알아봐야 할 수도 있다. 계약직 연구원의 급여는 본인 혹은 그 연구원을 담당하고 있는 윗분의 연구과제에서 나오는 경우가 많아서다. 정규직이라도 급여 걱정만 덜 뿐이다. 제안서가 채택된다고 해도 개인 과제라면 사업 기간이 짧게는 1년, 길어봐야 3년에서 5년이다. 여러 사람이 참여하는 대형 과제라고 해도 10년 이내다. 과제가 끝날 즈음이 되면 다음 제안서를 준비해야 한다.

관측자라면 여기에 더해 관측 제안서가 기다리고 있다.

천문대의 망원경으로 관측을 하려면 수개월 전에 미리 관측 제안서를 제출해 채택되어야 한다. 여러 사람이 원하는 관측일자가 겹치면 우수한 관측 제안서를 낸 사람에게 관측시간이 배정된다. 하와이 마우나케아 천문대를 비롯해 관측환경이 훌륭한 곳에 위치한 크고 성능이 좋은 망원경들, 그리고 허블 우주망원경처럼 우주에 띄워놓은 망원경들은 전 세계 천문학자들이 달려들기 때문에 관측시간을 따내려는 경쟁이 치열하다. 투고한 논문이 승인될 확률보다 하와이의 천문대에 제출한 관측 제안서가 채택될 확률이 더 낮다.

∘∘∘

워낙 좁은 세계에서 살다보니, 주변에 아는 사람들은 대부분 박사이거나 곧 박사가 될 사람들이다. 당연한 일이다. 의사 주변에는 의사가 많고 교사 주변에는 교사가 많듯이, 연구자 주변에는 연구자가 많고 그들은 대부분 박사학위를 갖고 있다. 그러니 평소에는 박사라고 별스러운 것도 없다. 가끔 다른 직업군에 계시는 분들을 만나거나, 애들 학부모 모임에서 굳이 직업을 끝까지 캐묻는 사람을 만나면 “어이쿠, 박사님이시네요”라고 해주시고, 오랜만에 친척집에 가면 “아이고, 우리 박사님 왔네”라고 농을 치며 웃어주시는 정도가 박사라고 좀 거들먹거려볼 수 있는 찰나의 순간이다. 그나마도 친지 중에 이미 다른 박사가 몇 있다면 그런 소리도 못 듣는다. 대기업 임원이나 장사 잘되는 가게 사장님이라도 계시면 공부만 들입다 하고 돈도 못 버는데 그런 거 뭐하러 하느냐고 구박이나 받지.

오늘 내가 할 일은, 애써서 받은 그 '연구 면허'가 별무소용인 종잇장이 되지 않도록 연구자로서 할 일을 다 하는 것뿐이다. 평가하고 평가받는, 누구나와 같은 그 삶 속을 묵묵히 걸어가는 것뿐이다. 내일도, 그리고 모레도.

우리만의 유니버스
우주의 이해 ❶

'우주의 이해'는 전공에 상관없이 모든 학과, 모든 학년의 학생이 들을 수 있는 교양 강의의 이름이었다. 처음 강의계획서를 작성하던 시점에는 알지 못했지만, 수강신청 기간이 끝나고 보니 예체능 계열 전공자가 출석부의 대부분을 차지하고 있었다. 심지어 그들 중 상당수가 이미 작품 활동을 시작한 예술가, 운동경기를 뛰는 현역 선수였다. 나머지는 소수의 인문·사회·경상 계열 전공자와 멸종 직전의 매머드처럼 어쩌다 두셋 있을까 말까 한 이공계 학생들. 평소 내 인간관계와는 상당히 이질적인 분포였다.

거의 '지박령地縛靈'에 가까운 집순이, 연구실순이인 나의 인맥은 일가친척과 극소수의 어릴 적 친구들 몇몇을 제외하고는 죄다 천문학자 아니면 곧 천문학자가 될 사람, 그러려다 다른 길을 찾아간 사람, 그랬다가 다시 돌아온 사람 등으로 아주 다채롭게(?) 구성되어 있다. 그런 내가 이토록 다양한 분야 사람들 앞에 서야 한다고? 중심을 잡고 최선을 다해 적극적으로 소통해야 한다고? 아, 연구실 밖으로 처음 고개를 내민 과학자란 방금 껍질을 깨고 나온 병아리처럼 유약한 존재인 것을. 이쪽 사정이야 떨리거나 말거나 세 학기 동안 내가 맡았던 여섯 반의 수강생 전공 분포는 대동소이했다. 그들과 천문학을 나누었던 시간은 고작 일 년 반 남짓이었지만, 그 아찔하고 짜릿한 경험의 여운은 오래도록 지속되었다.

내가 초등학교, 중학교에 다닐 때만 해도 육상부나 야구부 친구들은 자리를 자주 비웠다. 한번 훈련을 시작하면 자리에 가방만 두고 나갔다가 일과 시간이 끝나도록 교실에 돌아오지 않았다. 합창부나 풍물부는 대회 몇 주 전부터 오후 수업을 줄줄이 빼먹어가며 연습에 돌입했다. 예술도 좋고 스포츠도 좋지만, 이 꼬마 전문가들은 의무교육의 기회를 많이 박탈당했다. 요즘은 예체능 계열 학생들도 학교 수업을 우선으로 하도록 정하고 있다고 하지만. 내 '우주의 이해' 수강생들은 그 과도기 즈음에 의무교육을 받은 학생들로, 개인차가 컸다. 별까지의 거리 구하는 공식이 (겉보기등급)-(절대등급)으로 시작하는데, 밝은 별이라 절대등급이 음수인 경우를 예제로 주었더니 마이너스가 두 개 연달아 나오는데 어떻게 하느냐고 진지한 얼굴로 물어오는 학생이 있는가 하면, 다른 한편에는 360°보다 2π가 편한 자연과학 전공자가 있었다. 0보다 작은 수를 쉽게 뺄 수 없는 학생과 멈춰 있는 축구공도 제대로 못 차는 내가 무엇이 다른가, 같은 깨달음을 얻으며 한 주 한 주가 흘러갔다.

첫 시간에는 퀴즈를 냈다. 첫 주는 어차피 수강신청한 과목을 바꿀 수 있는 정정 기간이라서 진도를 나가기에는 강의실 분위기가 애매하다. 그렇다고 대강 시간이나 때우려고 건성으로 퀴즈를 낸 것은 아니다. 강의라는 것을 해달라는 부탁을 처음으로 받게 되었을 때, 몇 주에 걸쳐 고심하며 첫날의 퀴즈에 들어갈 문제를 마련했다. 교양 강의이므로 다양한 전공의 수강생들을 조금이라도 더 이해해보고자 하는 몸부림이기도 했고, 천문학을 일견 재밌어 보이게 포장해보려는 잔꾀의 소산이기도 했다. 한 학기 동안 함께 생각해보고 싶은 내용도 거시적으로 담아보려 애썼다. 정답이 있는 문제도 있고 없는 문제도 있다. 정답이 있는 문제를 다 맞힌다고 해서 가산점을 주지는 않지만, 틀려도 감점은 없으니 함께 풀어보자.

Q1. '유니버스universe' '코스모스cosmos' '스페이스space'는 모두 우리말로 '우주'라고 번역된다. 무엇이 서로 다른가? 각 단어를 어디에서 들어보았는가?

우리가 은하니 성단이니 얘기할 때 사용하는 '우주'는 '유니버스'다. 별과 먼지와 행성과 우리 생명체를 포함한 모든 것이 존재하는 시간과 공간과 상황과 환경이다. 영화, 소설 등 예술작품 속에서 설정된 배경을 '시네마틱 유니버스'라고 부르듯이, 유니버스는 우리에게 주어진 자연 그 자체로서의 우주다. 별까지의 거리, 성운의 크기, 가장 멀리 있는 은하까지의 거리, 은하의 나이, 우주의 크기 등을 구하는 것을 두고 '우주를 측정한다'고 표현하는데, 천문학의 근간이 되는 중요한 분야다. 필요한 단위 체계를 정하는 일도 포함된다. 이 넓은 우주를 센티미터나 킬로미터 단위로 재려면 여간 거추장스럽지 않겠는가. 폐지되기 직전의 짐바브웨달러처럼 0의 꼬리가 너무 긴 숫자는 컴퓨터도 버거워한다.

'코스모스'는 질서와 조화의 측면에서 바라보는 우주다. 우주에 존재하는 그 모든 것에는 질서와 조화가 있다. 그렇지 않다면 모든 것이 뒤죽박죽되어버릴 텐데, 다행히도 우주의 먼지는 모이면 구름이 되고, 구름이 꼭꼭 뭉쳐 별과 행성을 만들어내고, 별은 제 안의 연료가 소진되면 남은 것을 폭발적으로 내어놓으며 다시 우주에 먼지를 공급한다. 별이 모이고 모여 성단을 이루고, 은하를 이루고, 은하단을 이룬다. 밤하늘의 별은 흘러가고 행성은 때때로 역행했다 다시 순행한다. 일식과 월식은 예측에 맞게 일어난다. 빅뱅 이론처럼 우주가 어떻게 생겨나고 진화했는가 살펴보는 분야를 '우주론cosmology'이라고 한다. 칼 세이건의 대표작인 그 책 이름이 『코스모스』인 것도 우주의 질서와 조화, 우주라는 대자연의 작동 원리를 논하는 책이기 때문이다. '우주' 따위로 섣불리 번역하지 않고 원제를 그대로 사용한 것은 대단히 훌륭한 일이다.

컴퓨터 자판에도 있는 '스페이스'는, 자판에서와 다름없이 '공간'으로서의 우주다. 특히, 인류가 인공위성이나 우주선과 같은 인공물체를 보내 탐사하는 공간을 칭한다. 지구 주변의 환경과 그곳에 존재하는 플라즈마 등의 입자를 연구하는 분야가 '우주과학space science'이다. 인공물체가 도달한 우주 공간의 범위는 지난 40여 년간 크게 확장되었다. 1977년에 발사한 행성탐사선 보이저 1, 2호의 끊임없는 항해 덕분이다. 보이저는 이제 태양계 끝자락을 넘어갔다. 태양의 영향력이 미치는 범위인 태양권계면heliopause을 지나 항해를 계속하는 보이저와 함께 우리의 우주는 매일, 지금 이 순간에도 조금씩 넓어지고 있다.

Q2. 한때 '○○을 '안드로메다'로 보낸다'라는 표현이 유행했다. 안드로메다는 무엇인가? 우리는 왜 많은 것을 거기로 보내는가?

이 질문에는 대부분의 학생이 답을 적지 않았다. 그러나 간혹 무언가 적은 학생들이 있었는데, 모두 출제자의 의도를 정확히 간파한, 놀라운 통찰력의 소유자였다. 안드로메다가 완전히 이상하고 정반대라서 보내는 것이 아니다. 우리와 비슷하니까 그곳으로 보내는 것이다. 안드로메다은하는 우리은하의 가장 가까운 이웃이며, 형제와 같은 존재다. 게다가 오랜 시간에 걸쳐 점차 가까워지는 중이다. 지금의 속도라면 우리은하는 수십억 년 후 안드로메다와 충돌할 것이다. 하지만 괜찮다. 은하의 충돌은 돌끼리 부딪히는 것과는 매우 달라서, 태양 근처에서 초신성 폭발이 일어나 우리 태양계를 다 집어삼키거나 하지 않는 한, 우리는 밤하늘에 별이 유난히 많아지는 것 말고는 별다른 차이를 느낄 수 없을 것이다. 그때까지 살아 있다면 말이다.

Q3. 서양 역사에서 지동설을 주장하다 죽을 뻔한 사람은 누구인가? 그는 왜 비난받았나? 오늘날 그의 주장은 옳았던 것으로 평가되는가?

갈릴레오 갈릴레이다. 갈릴레이뿐 아니라, 지동설을 주장하다 곤란에 처했거나 곤란에 처할 것이 두려워 주장조차 하지 않은 사람도 여럿 있다. 그중 하나는 코페르니쿠스다. 그는 자신의 모든 자료가 '그러면 안 되는데' 자꾸만 지동설로 귀결되는 사실에 괴로워했다. 말년 병석에 누워서야 자신의 결과를 공개하기로 마음먹었다. 자신의 책이 출판되는 것을 보지 못하고 운명하는 바람에 『천체의 회전에 관하여 De revolutionibus libri sex』는 유작이 되고 말았는데, 적어도 평생 우려했던 종교적 사회적 탄압만큼은 피한 셈이다.

Q4. 다음 중 본인의 생일에 호주에 놀러 가서 볼 수 있는 별자리를 모두 고르면?

a. 북두칠성 b. 남십자성 c. 내 생일 별자리

교양 과목은 수강생의 태반이 1학년이다. 고등학교를 가장 최근에 졸업한 사람들답게, '모두 고르면?' 같은 얄팍한 함정에 절대로 넘어가지 않는다. 답은 b. 남십자성이다. 호주 밤하늘의 남십자성은 우리 밤하늘의 북두칠성에 견줄 만하다. 계절에 상관없이 항상 보이는 별을 주극성이라고 부르는데, 호주에서는 남십자성이 주극성이라서 생일이든 아니든 매일 밤 볼 수 있다. 남반구에서는 북두칠성을 볼 수 없다. 호주에 여행 갔더니 과연 공해가 없어서 북두칠성이 너무 선명하게 보이더라는 호들갑은 떨지 말자.

생일 별자리와 관련된 황도 12궁은 우리나라에서도 호주에서도 주극성이 아니다. 뜨고 지는 '출몰성'인데, 계절에 따라 뜨는 시각이 바뀐다. 생일 별자리는 태양의 위치가 중요한 시스템으로, 내 생일에 태양이 내 별자리 구역에 임한다는 뜻이다. 해가 그토록 밝으니 바로 옆의 별이 눈에 보일 리가 있나. 애초에 생일 밤에 제일 잘 보이는 것을 생일 별자리로 정해주었으면 좋으련만, 점성술은 그렇게 낭만적이지 않다. 목숨을 걸고 천체의 움직임을 읽는 진지한 운명론이다. 해와 달이, 행성과 혜성이 어디 있느냐가 중요하다.

Q5. 외계인은 존재하는가? 그 증거는? 실존한다면, 그들이 지구 혹은 우리 인류를 찾아오는 것은 당연한가?

대학원생 때 나의 지도교수께서는 종종 이런 농담을 하셨다. 외계인이 존재한다고 해야 사람들이 천문학자에게 연구비를 주니, 없을 것 같아도 있다고 해야 할 것 같다나. 귀신을 만난다면 어떤 원리로 걷지 않고도 빠르게 이동할 수 있는지 상세히 물어봐서 세계 최고 학술지에 논문을 쓰겠다고도 하셨다. 하지만 한국어 원어민인 나도 한국어 문법 체계를 명확히 설명하지 못하는데, 귀신이라고 제 이동 원리를 알고 움직일까 싶다.

외계인이 존재한다면, 그들이 신호를 보내거나 찾아온다면, 부디 한국말을 좀 해줬으면 좋겠다. 미국에 가서 영어 하는 외계인은 영화에서 충분히 봤다.

Q6. 블랙홀은 관측할 수 있는가? 방법은?

블랙홀은 모든 것을 빨아들인다. 빛조차도. 그러니 빛을 비추어도 보이지 않을 수밖에. 고대인들도 별을 봤고, 쥐라기의 공룡도 달을 보았을 것이다. 내가 들었던 '기본천문학' 강의는 "천문학이란 미래에도 변함없이 살아남을, 시간에 무관한 기본 지식"이라는 멋진 말씀으로 시작되었다. 나는 그걸 포스트잇에 적어 공책 맨 앞에 붙여두었다. 지당한 말씀이다. 천문학은 그렇다. 동시에, 천문학은 그렇지 않다. 2019년, 인류는 최초로 블랙홀의 사진을 얻는 데 성공했다. 블랙홀 자체는 볼 수 없지만, 빨려들어가면서 휘어지는 빛, 그리고 빨려들어가는 물질 일부가 방출하는 에너지로 블랙홀의 윤곽을 관측한 것이다. 그런 기법을 고안하고, 그걸 해낼 수 있는 장치를 마련하고, 마침내 블랙홀의 사진을 얻어

낸 놀라운 천문학자들 덕분에 나는 다시 강의하게 된다면 첫 시간 퀴즈를 수정해야 한다. 아니, 수정하지 않고 그대로 두는 것도 좋을 것 같다. 수강생들이 답도 주고, 문제도 정정하고, 함께 생각도 해보는, '우주의 이해'는 그런 강의니까.

『실록』 베리에이션
우주의 이해 ❷

대학의 성적표에도 점수가 있다. A, B, C 같은 평점과 함께 점수도 조회할 수 있는데, 나는 지도교수님의 강의에서 몇 번인가 99점을 받았다. 1학년 때부터 대학원 연구실을 들락거리며 학부 연구생으로 지냈기 때문에 다른 강의는 몰라도 지도교수님의 강의만큼은 특별히 열심히 들었다. 백점에서 1점 모자란 점수. 당연히 출석, 과제, 시험에서 얻은 점수의 총합일 뿐이지만 나는 그 점수가 좋았다. 연구실 제자라고 무조건 좋은 점수를 얻은 게 아니라 공정하게 평가받았다는 방증인 것도 같고, 늘 자신의 부족함을 살필 줄 아는 겸손한 학자가 되라는 함의인 것도 같다며 혼자 의미를 부여했다.

그렇다. 꿈보다 해몽이다.

지도교수님께도 받지 못한 백점을 받은 과목이 따로 있었다. 이 역시 당연히 출석, 과제, 시험 점수의 총합인 줄 뻔히 알면서도, 그리고 어쩌면 모든 학생이 후한 점수를 받았을 가능성이 있다는 걸 알면서도, 내가 과제로 낸 보고서가 정말 괜찮았기 때문일 거라고 또 의미를 부여했다. 강의 내용에 관련된 주제를 자유롭게 정해 짧은 소논문을 내라는 과제였는데, 내 보고서의 제목은 '소빙기little ice age와 『조선왕조실록』'이었다.

『조선왕조실록』은 조선 태조 원년인 1392년부터 철종 때인 1863년까지 470여 년간의 긴 시간 동안, 국가 주도하에 체계적으로, 왕을 넘어 역사 그 자체에 충성스러운 사관들이 남긴 지구상에서 유일무이한 기록이다. 임금이 '이런 것은 적지 말라'고 하면 적지 말라고 했다는 것까지 기록해버린 이 지독한 공무원들은 하늘과 자연의 현상도 기록으로 남겼다. 사료를 보면 눈이 '몇 촌寸' 쌓였다거나 '팥알' 혹은 '달걀'만한 우박이 내렸다고 쓰여 있다. 사관이 그날 아침으로 팥죽이나 달걀을 먹어서가 아니라, 크기나 길이를 가늠하는 기준, 그러니까 나름의 도량형을 가지고 정량적으로 기록한 것이다.

지구 기후 변화의 관점에서 보면, 조선시대는 13세기 초부터 17세기 말까지 지속된 소빙기와 상당 부분 겹친다. 빙하기까지는 아니지만 상당히 추운 시기였다. 그중에서도 1650년에서 1700년 사이에 특히 온도가 낮아서 온 지구가 추위에 떨었는데, 이 시기를 마운더 극소기Maunder minimum라고 한다. 『조선왕조실록』에서 한여름에 우박이 기록된 건수를 연도별로 살펴보았더니, 과연 마운더 극소기에 해당하는 시기에 기록이 집중되어 있는 것이 보였다. 빙고! 나는 이 내용을 정리해서 보고서로 제출했고, 성적표에 백점이 찍힌 것은 이 보고서 때문이었을 거라고 멋대로 추측하며 두고두고 뿌듯해했다.

동서양의 천문 기록을 살펴보면 서로 잘 맞아떨어져서 비교해보는 재미가 있다. 같은 지구상에서 살아왔으니 당연히 그럴 터이다. 1604년 10월 9일, 밤하늘에 별 하나가 갑자기 나타났다. 크고 무거운 별 하나가 제 수명을 다하고 장렬히 폭발하면서 갑자기 밝아진 것이다. 이것을 초신성이라고 하는데, 폭발할 때 급격히 밝아졌다가 서서히 어두워진다. 독일의 천문학자 요하네스 케플러가 이 초신성의 기록을 남겼는데, 같은 시기 조선 관상감觀象監에서도 이를 관측한 기록이 있다. 시간에 따른 밝기 변화를 그려보면 케플러의 기록과 일치한다. '관상감 초신성'이나 '조선 초신성'이 될 수도 있었는데 '케플러 초신성'이라고만 불리는 것은 조금 서운한 일이다.

76년마다 돌아오는 핼리혜성도 우리나라 사료에 기록이 많이 남아 있다. 989년 고려 성종 때의 기록을 시작으로, 조선시대 말인 1835년까지 매번 핼리혜성을 관측하고 기록했다. 아, 성실한 공무원들이여. 우리 세대도 선조들 못지않게 훌륭하다. 국사편찬위원회의 한국사 데이터베이스에는 『조선왕조실록』을 위시하여 수많은 사료가 인터넷으로 무상 제공되고 있다. 본래의 기록은 한자로 된 것이지만 아주 많은 부분이 우리말로 번역되어 있다. 주제별로 열람할 수도 있고 검색도 할 수 있다. 그래서 학생들에게 숙제로 내기 딱 좋다.

∘∘∘

나는 '우주의 이해' 수강생들에게, 우리 사료에서 천문·기상 관측자료를 무엇이든 찾아 자유롭게 분석해보라는 과제를 냈다. 이공계 전공자가 아니어도 할 수 있는 일이다. 제출 기간을 넉넉하게 주고, 내가 학부생 때 썼던 그 보고서를 샘플로 공개했다. 마감 전까지 나와 얼마든지 상의해도 좋다고 했다. 그러자 학생들은 주제를 무엇으로 정할지 감이 안 온다는 하소연부터, 본인이 생각한 자료를 찾으려면 어떤 검색어가 유용하겠느냐는 아주 실질적인 질문까지 온갖 이메일을 수시로 보내왔다. 나는 그들이 보내오는 이메일이 너무 좋아서 하나하나 읽어보고 각자에게 도움이 될 만한 힌트를 적어주었다. 전혀 다른 분야를 전공하는 사람들이 과학 연구의 세계를 잠시 방문하는, 그 역사적 순간을 바로 곁에서 목도하는 재미가 쏠쏠했다.

보고서는 형식도 갖추어야 하므로, 폰트 크기와 줄 간격 같은 문서 형식도 정해주고, 반드시 서론 본론 결론으로 나누어 쓸 것을 요구했다. 표절이 무엇인지 설명하는 데도 각별히 공을 들였다. 분량은 A4용지로 최대 4쪽을 넘으면 안 되는데, 한 쪽짜리여도 좋다고 했다. 인터넷에서 긁어 온 정보를 덕지덕지 짜깁기하면 감점 대상이었다. 화려한 미사여구도 논리적 글쓰기에 별 도움이 되지 않는다. 아주 짧아도 좋으니 직접 쓴 문장만으로 보고서를 완성하라고 요구했다. 그저 이수 학점을 채우려던 수강생들에겐 말할 수 없이 성가신 과제였겠지만, 내 요구사항의 의미를 납득한 학생들은 한 주 한 주가 지날수록 더욱 초롱초롱한 눈빛으로 강의실에 들어왔다. 스스로 주제를 정하고 자료를 뒤져보며 나만의 결론을 찾아보는 기쁨, 남의 글을 짜깁기하지 않고 오롯이 스스로 담백하게 적어보는 즐거움을 발견한 친구들이었다. 『조선왕조실록』을 오로라, 혜성, 초신성, 빙하기 같은,

일견 생뚱맞아 보이는 단어와 함께 논할 수 있음을 아는 것은, 우리만의 달콤한 비밀암호 같았다.

과제를 내지 않은 경우는 거의 없었다. 표절은 안 된다고 그렇게 주의를 주었음에도 논문을 베껴 제출하는 학생이 간혹 있었지만, 대부분은 어떻게든 스스로 과제를 완성했다. 학생들이 낸 보고서에는 케플러 초신성의 광도 변화 곡선도 있고, 서리, 가뭄, 강설량 기록의 분석도 들어 있었다. 수상한 '검은 먼지'가 보고된 기록을 모아보았더니 백두산의 화산 분출 추정연대와 비슷하더라는 주장이 담긴 보고서를 받았을 때는 거의 눈물이 날 뻔했다. 『실록』 중 자기가 좋아하는 특정 왕의 통치 기간만 조사하거나, 자신의 출신 지역이 언급된 기록에 집중한 보고서에서는 애착이 느껴졌다. 남의 글을 베껴 온 학생은 쭈뼛거리며 보고서를 교탁에 슬쩍 올려놓고 갔지만, 모든 과정을 스스로 해낸 친구들은 싱글싱글 웃으며 내 코앞까지 보고서를 들이밀었다. 컴퓨터로 그래프를 그리는 게 익숙하지 않다며 모눈종이에 색연필로 그린 그래프를 자랑스럽게 내민 학생과는 "해냈어!" 하는 표정을 주고받으며 함께 웃었다.

나의 '우주의 이해' 친구들이 지금은 내 얼굴도 이름도 잊었겠지만, 그중 누군가는 역사서를 읽거나 사극을 볼 때 문득 그때의 기억을 떠올려주기를 바란다. 그중 누군가는 북두칠성이 나오는 〈선덕여왕〉이나 일식을 소재로 한 〈해를 품은 달〉 같은 작품을 만들어주기를 바란다. 그중 누군가는, 멋진 작품을 만들면 꼭 알려달라는 나의 부탁을 잊지 않고 자랑하는 이메일을 보내주기를, 나는 가끔 욕심내어본다.

시적 허용은 허용되지 않는다

우주의 이해 ❸

나는 대학을 사랑한다. 대학에 입학한 이래 20년 가까이 같은 교정에 등하교하는 삶을 살았다. 몇 차례의 공적 사적 신분 변화를 겪었고, 그사이에 학교가 있는 곳의 행정구역이 바뀌는 바람에 영적으로도 '서천리' 지박령에서 '서천동' 지박령으로 변모했다. 천문학처럼 소위 돈 안 되고 취업률도 낮으면서 천문대를 지어달라느니 소형 망원경 여러 대와 전문가용 카메라 여러 대를 사달라느니 하며 요구사항은 많은 학과를 없애버리지 않고 품어주다니, 대학이란 참 좋은 곳이다.

동시에 나는 대학을 싫어한다. 오늘날 대학이 수행하고

있는 기능이란 어리둥절한 채 성인이 되어버렸으나 실상은 유예된 청소년에 지나지 않는 이들의 귀중한 스무 살 생명표를 꽉 쥐고 있는 것에 지나지 않는다. 같은 해 태어난 국민 중 팔 할 이상이 대학에 진학하는 사회. 학생들은 대학에 학문을 배우러 오지 않는다. 초등학교 다음 중학교에 갔고, 중학교 다음 고등학교에 간 것과 같이 고등학교를 마쳤으니 대학에 진학할 뿐이다. 차이가 있다면 과거의 학비보다 열 배는 비싼 등록금이요, 모두가 입어야 하는 교복 대신 모두가 가져야 하는 스펙을 등에 업어야 하는 것이다. 그들의 젊음은 싸구려 술과 술값보다 비싼 커피와 크고 작은 성추행과 미필자조차 향유하는 선배들의 군대식 갑질, 전공과목 들을 시간을 뺏는 교양 강의와 대학생다운 교양을 쌓을 틈을 주지 않는 전공 강의, 토익 시험과 한국사 시험과 각종 컴퓨터 자격증과 크고 작은 기업의 공모전과 인턴 경력에 소모된다. 과제로 수많은 보고서를 작성하지만 제대로 된 글쓰기를 연습할 기회는 별로 없다. 대신 비문으로 A4 용지 다섯 장을 채워내는 끈기, 남의 것을 베끼되 표절 여부를 자동으로 검사하는 프로그램에 걸리지 않게 몇몇 표현을 바꿔치기하는 방법을 터득하게 된다. 그 비용과 시간과 어처구니없는 문화와 그 젊음은 대체 무엇을 위한 제물인가.

'대졸자'라는 꼬리표 하나를 위해 막대한 사회경제적 비용이 소모되는데, 기업은, 화려한 스펙의 지원자가 몰리는 회사일수록, 큰 비용을 들여 대졸 신입사원을 재교육한다. 대학이 고등학교의 연장선이나 취업 준비소가 아닐 수 있었으면 좋겠다. 대학이 학문하는 곳이었으면 좋겠다. 공부라는 걸 조금 더 깊이 해보고 싶은 사람, 배움의 기쁨과 앎의 괴로움을 젊음의 한 조각과 기꺼이 맞바꿀 의향이 있는 사람만이 대학에서 그런 시간을 보내며 시간과 비용을 치러야 한다. 그러려면 고등학교만 졸업해도 사회적으로 존중받고 경제적 부를 축적하며 살아갈 수 있는 사회여야 한다. 모두가 대학에 다니는 바람에 '반값 등록금'이니 '국가장학금'이니가 국가적 관심사인 사회에서는 택도 없는 일이다.

◦◦◦

작금의 대학 교육을 반대하는 이 불순한 사상을 가진 채 대학의 강단에 처음 선 날을 기억한다. 나는 학생들이 큰돈을 치르며 이십대 초반을 낭비하는 것에 반대하지만, 그들이 정확히 그 시간과 비용을 내 강의에 낭비해야 먹고살 수 있는 처지였다. 첫 강의인 것을 들키지 않으려고 짐짓 닳고 닳은 시간강사인 척했다. 모교는 아니었으므로 나를 아는 이는 없었고, 내가 시간강사는 처음인 박사 수료생이라는 사실을 알아챌 학생도 없었다. 강의 전날 외워둔 그 대학의 학칙을 읊으며 통원치료는 출석 인정 사유가 아니라는 따위를 경고할 때는 마음이 아팠다. 취업했으니 강의는 듣지 않고 시험 당일만 학교에 나오겠다는 이메일에, 어려운 시기에 일찍 취업한 것은 축하하지만 수강신청 대란을 4년간 겪어온 선배로서 후배들에게 수강 기회를 양보해달라고 거절할 때는 정의의 용사라도 된 듯 의기양양했다. 내 수강생의 상당수는 예체능 전공자여서, 돌을 조각하거나, 버선발로 춤추거나, 전국을 돌며 야구 시합을 뛰느라 바빴다. 빠르면 초등학교 때부터 자신만의 분야에 뛰어든 전문가들이 4년제 대학까지 졸업해야만 하는 사회는 뭔가 잘못됐다고 생각하면서, 그들에게 천문학을 가르쳤다.

가장 먼저 알려줘야 할 것은 '대학이란 무엇인가'였다. 대학은 서양식 학교다. 오늘날 우리가 논하는 학문과 그 체계는 서양식 기틀을 바탕으로 발원했고 견고해졌다. 과학적이고 논리적인 사고방식이라는 것도 서양에서 다듬어진 것이다. 적어도 오늘날 우리가 대학에서 다루는 바는 그렇다. 동양식의 관찰과 사유, 겸양과 조화의 가치가 열등하거나 무가치해서가 아니라, 서양식 학문이 지배하는 시간과 공간을 살고 있기 때문이다. 이집트의 화가들은 사람을 평면으로 그렸다. 얼굴은 옆모습인데 눈은 정면을 향하고, 몸통은 앞에서 다리는 옆에서 본 것처럼 그렸다. 그리스 헬레니즘은 사람의 삼차원 형태를 그대로 모사하려고 애썼는데, 중세시대에는 다시 이집트식의 평면 양식이 유행했다. 르네상스시대에는 다시 실제의 형태를 중시했고, 현대에 들어서는 피카소와 같은 해체적 화풍이 대두되었다. 시대에 따라 고평가되는 분야가 바뀌었지만, 그중 무엇이 가장 우월한가를 가리는 것은 무의미하다. 동서양의 사고방식 차이도 이와 비슷하다. 서양식 과학을 무조건 맹종할 필요는 없지만, 어떻게 전 세계를 좌우할 수 있는 파급력을 갖게 되었는지 관찰하고 탐구해볼 필요는 있다. 관찰하고 탐구하는 그 자체가 학문적 태도다. 신기하고 새로운 현상을 배우고 발견하는 일은 단순한 호기심에서 비롯한다. 밤하늘의 모든 별이 한 방향으로 흐를 때 홀로 역행하는 행성을 발견하고 두려워하거나 신기해하는 것이다. 그 이유를 알아내기 위해 여러 사람이 수 세기에 걸쳐 지식을 쌓아올리는 것, 끊임없이 검증하고 반박하고 새로운 근거를 더하는 것, 나의 생각을 제삼자의 눈으로 조망하는 것, 그것을 대학에서 배워야 한다.

다음으로 언급해야 할 것은 글쓰기의 형식이었다. 학문은 정제된 기록에서 출발한다. 자신이 발견한 것이나 실험한 내용, 조사 결과와 그에 관한 생각 등을 잘 정리해서 이름, 날짜와 함께 기록해두면, 훗날 누구라도 그것을 참조해 재현해보고 거기에 새로운 부분을 더해 다시 자신만의 기록을 남기게 된다. 다른 학자들이 따라 해보았을 때 같은 결과가 재현되도록 레고 조립 매뉴얼처럼 정확하고 자세해야 한다.

학자들은 교류를 통해 지식을 더 발전시키기 위해서 자신의 기록을 발표한다. 지역적으로 가까운 사람들끼리만 학문을 나누는 것이 아니라, 멀리 있는 학자들과도 교류하기 위해서 편지 형식을 취했던 것이 오늘날 논문의 전신이다. 논문에서는 과거 다른 사람이 발견하고 연구하고 논했던 내용을 정확히 밝히며 인용한다. 남의 업적을 내 것인 양하는 태도는 국가나 가족에 대한 긍지를 느낄 때나 쓰는 것이요, 남의 글 베끼기는 타자 연습할 때나 하는 일이다.

학문할 때의 글은 형식도 갖추어야 한다. 다양한 공간과 시간을 넘어 그야말로 '누구나' 읽을 수 있어야 하기 때문이다. 그리고 글쓴이가 이미 갖추고 있는 명성이나 영향력과는 무관하게 그 자체로 읽히고 판단 받을 글이어야 하기 때문이다. 내용은 뛰어날지라도 형식만은 판에 박혀 있어야 한다. 이 연구를 위해 얼마나 힘들었는지 혹은 마침내 새로운 사실을 알아냈을 때 얼마나 기뻤는지는 적지 않는다. 시적 허용은 허용되지 않는다. 대학생이라면 학문적 글쓰기에 대해 알아야 한다고 강조했다. 학문적 글쓰기는 유려한 글솜씨를 요구하지 않는다. 연구 내용이 별것 아니더라도, 글이 서툴더라도, 남의 것을 베껴 열 쪽짜리 보고서를 쓰는 것보다 한두 쪽이라도 자신이 행하고 생각한 내용을 형식에 맞게 쓰는 것이 더 지적인 활동이다. 그것이 대학의 모든 강의에서 공통으로 배우는, 혹은 배워야 할, 대학생으로서의 기본 소양이다.

김연수 작가의 『청춘의 문장들』에 다음과 같은 이야기가 나온다.

> 내가 처음 시를 보여줬을 때, 그는 멍한 표정으로 노트를 앞뒤로 넘기다가 한참 만에 입을 열었다. "이게 백상지 100그램짜리인가? 아주 비싼 종이에 시를 썼네. 다음부터는 싸구려 갱지에 시를 써." 그게 무슨 말인지 금방 알 수 있었다. 사람들이 이건 그래도 시처럼 보인다고 말할 때까지 나는 수없이 많은 노트를 버려야만 했으니까.*

대학생은 시 쓰기를 연습하는 초보 시인과 같다. 남의 시를 베끼지 않고, 남의 시와 비슷하지도 않고, 그러면서도 자신의 시상을 훌륭하게 표현하는 그런 시를 쓰는 연습을 해야 한다. 그러기 위해서는 일단 '내 생각' '내 의견'이 뭔지부

* 김연수, 『청춘의 문장들』, 마음산책, 2004, 194쪽.

터 알아야 한다. 그러면 이과생도 일필휘지로 글을 쓸 수 있기 마련이다.

처음 강단에 선 그때는 부정청탁금지법이 제안되기 전이었다. 스승의날, 학생 하나가 "지나가다보니 이런 게 보여서요"라며 손바닥만한 화분을 건넸다. 작은 별 모양의 노란 꽃이 화분 가득 피어 싱그러웠다. 경영학을 전공하면서도 교양 천문학 시간에 늘 앞자리에 앉아 눈을 반짝이는 학생이었다. 과제를 이메일로 받았는데, 이 친구가 보낸 이메일에 자책하는 말이 적혀 있었다. 과제를 하는 동안 너무 세세한 부분에 집중하다보니 보고서를 완성할 시간이 부족했던 모양이었다. 나는 그 친구의 자책이 못내 마음에 걸려 짧은 답을 보냈다. 성실하고 꼼꼼한 성격은 너의 문제가 아니라 너의 강점이며, 너의 성실함이 나중에 사회에 나가서 든든한 버팀목이 될 거라는, 어찌 보면 뻔하디뻔한 말이었다. 나는 그때까지 대학에만 오래 있었지 사실 학교 밖 사회에는 아직 반 발짝도 나가보지 않았으며, 자기소개서 한번, 입사지원서 한번 써본 적이 없었다. 그러니 그런 진부한 문장 몇 개가 당시의 내 수준에서 할 수 있는 최대한의 축복이었다. 사실 그 문구는 학기가 끝난 뒤 성적 관련 민원 메일에 답할 때, 대규모 교양 강의에 따라붙는 상대평가의 답답함과 미안함을 전하며 추가 점수 대신 적어주는 전형적인 내용이기도 했다. 거의 습관적으로 적은 그 알량한 축복에, 학생은 넘치게 고마워했다. 이제껏 자신에게 그런 말을 해준 사람이 없었다고 했다.

이 젊은 청춘에게, 그따위 싸구려 축복조차 해주는 '선생先生'한 자가 이때껏 없었다는 게 화가 났다. 넌 잘하고 있다고, 너만의 특질과 큰 가능성이 있다고, 네가 발을 떼기만 하면 앞뒤가 아니라 사방, 아니 만방으로 길은 열릴 것이라고 왜 아무도 말해주지 않는가. 스무 살, 스물한 살은, 그런 이야기를 차고 넘치게 들어도 되는 나이다. 그런 청춘들이 '대졸자' 꼬리표 하나 달기 위해서 돈과 젊음을 들여 스스로 대학 안에 갇히는 기간, 사회의 틀에 맞추기 위해 스스로의 가능성을 기꺼이 가지치고 분재로 다듬어가는 기간, '멀쩡한 대학 나와서 왜 제대로 된 회사에 취직도 못하느냐'는 어른들의 질문을 향해 전진하는 그 기간이 나는 너무나 아깝다. 왜 그런지는 질문한 사람들이 더 잘 알고 있으면서.

『청춘의 문장들』의 다음 구절은 이렇게 이어진다.

> 하지만 그래도 불안하지 않았다. 나에게는 내 또래의 그 누구보다도 큰 자신감을 불어넣어준 사람이 있었으니까.*

사회의 요구에 의해 다니는 것치고는 너무나 비싼 개인적 비용과 시간을 지불하고 있는 대학생들. 대학이 그들에게 '배운 것'보다 배우는 즐거움과 괴로움을, 스스로 생각하고 자신만의 의견을 갖는다는 것의 뿌듯함을 일깨워주기를 바란다. 자신을 발견하고 받아들이고 눈을 들어 앞으로 나아갈 세상을 바라보는 법을 배우는, 그 즐거움과 괴로움을. '우주의 이해'에서도, '글쓰기의 이해'에서도, '시민교육'이나 '전자기학', '천체물리학 개론'에서도 가르쳐주길 바란다. 어쩔 수 없이 대학을 꼭 다녀야만 한다면, 대학 졸업장이라는, 그 한없이 틀에 박힌 문서 하나가 주는 즐거움과 보람을 위해 기꺼이 젊음을 바칠 수 있기를, 넘치게 바란다.

---

* 앞의 책, 같은 곳.

Re) 교수님께

우주의 이해 ❹

P 학생,

안녕하세요. 강의에 관심 갖고 연락 줘서 고마워요. 대학을 나오고도 직장 구하기가 어렵다는 사람이 많은데, 졸업도 하기 전에 벌써 취업에 성공했다니 축하합니다. 그러나 회사에 출근해야 하니 한 학기 내내 강의에 출석하지 않고도 수업을 들은 것으로 인정해달라는 부탁은 거절하겠습니다. 소위 '취업계'라는 가상의 문서는 우리 대학의 학칙에 존재하지 않습니다. 어떤 교수님의 어떤 강의에서는 드물게 그런 사정을 받아줄 수도 있겠지만, 적어도 이 강의에서는 용인할 수 없습니다.

P 학생은 4학년이니, 교양 강의 수강신청이 얼마나 어려운지 잘 알고 있을 거예요. 교양 과목으로 채워야 하는 학점은 정해져 있는데 고를 수 있는 과목의 수는 많지 않죠. 수강신청 기간 시작하자마자 접속하려고 '새로고침' 버튼 누르며 대기한 경험, 그다지 흥미가 느껴지지 않는 과목이라 잠시 머뭇거리는 사이에 수강인원이 다 차버려서 괴로웠던 경험이 있을 것입니다. 수강신청에 실패했지만 꼭 듣고 싶다며 무슨 수가 없는지 문의해오는 학생들을 생각하면, P 학생을 위해 한 학기 내내 한 자리를 비워두는 것은 도리가 아니라고 생각합니다. 수강신청 대란을 여러 차례 겪어본 선배로서, 아직도 여석이 나기를 기다리고 있는 후배들에게 이 강의를 양보해주었으면 합니다.

다른 더 좋은 방법을 찾아 잘 해결할 수 있기를 바랍니다.

◦◦◦

J 학생,

안녕하세요, J씨는 한 학기 동안 수업을 열심히 들어줘서 고맙게 생각하는 학생 중 하나인데, 만족스럽지 않은 성적을 받았다니 안타깝네요. 성적 처리한 것을 다시 한번 찬찬히 확인해보았어요.

다른 것보다도, 첫번째 과제에서 14점을 받았네요. 주제는 좋았지만 적절한 자료 검색 및 분석이 부족했던 것으로 제가 채점해놓았습니다. 사실 반 평균에 가까운 점수인데, 본인의 다른 점수에 비하면 부족하게 느낄 것 같네요.

두번째 과제는 20점, 기말시험은 29점을 받았어요. 출석 점수는 10점 만점으로 고맙게 생각합니다. 발표에서 추가 점수 7점 받아서 총 80점인데, A+를 받은 학생 중에 가장 낮은 점수가 90점입니다. 발표나 과제 점수를 2, 3점씩 더 후하게 줄 수는 있겠지만, 전체 100점 중에서 10점이나 올려주는 것은 어렵습니다.

원하는 답을 주지 못해 미안합니다.

나는 J씨를 'A+를 받지 못한 학생'으로 기억하고 있지 않아요. 한 학기 동안 누구보다 진지하게, 온 마음을 다하여 수업에 임해주었던 모습을 인상적으로 기억하고 있지요. J씨는 성실함이라는 강력한 무기를 갖고 있으니까, 사회에 나가면 스펙보다 존재 그 자체로 인정받을 수 있는 사람이 되리라고 생각합니다. 늘 행하는 대로 이루어지길 바랍니다.

◦◦◦

L 학생,

천문대 방문 보고서 잘 받았습니다. 번거로웠을 텐데 다녀오느라 수고 많았어요. 대중교통편이 좋지 않은 곳에 있어 선뜻 추천하기가 좀 그랬는데, 차로 친구들까지 데리고 다녀와줘서 고마워요.

공연 연습으로 수업에 들어오지 못한 날 결석으로 처리되었다는 얘기 들었을 텐데, 학교 규정에 따라 공연 당일이 아니면 그렇게 할 수밖에 없어요. 하지만 천문대 견학 다녀온 것으로 출석 인정하겠습니다. 내게 보낸 메일에 '죄송하다'는 얘기를 여러 번 적어서 마음이 쓰였습니다. 전공 수업과 관련 행사 때문에 바쁘다는 것 잘 알고 있어요. 미래 진로에 관한 것이니 때로는 교양 강의보다 우선이라는 것도 알고, 당연하다고 생각해요.

살다보면 본인의 삶에서 강의보다 더 중요한 것도 많이 생기니까 선택의 문제에 직면하게 되죠. 강의에 빠지는 대신 중요하고 알찬 시간을 보냈다면, 그게 L 학생의 삶을 충실하게 사는 것이라고 나는 생각해요. 그 '중요하고 알찬 시간'이란 전공 분야 행사일 수도 있고, 연애일 수도 있고, 신나는 취미생활일 수도 있고, 돈벌이나 가족 문제, 또는 그저 좌절하는 데 들어간 시간일 수도 있죠. 다 중요한 시간이고 인생에 꼭 필요한 경험이에요. 본인의 삶에 있어 이 강의보다 더 중요한 것을 하고 있었으니까, 결석이 많다고 해서 죄송할 건 없어요. 출결 상황을 기록하는 게 내 직업의 일부라서 확인하는 것뿐이고, 수업에 들어오지 않았다고 해서 기분이 나쁘진 않아요. 시험도 마찬가지예요. 세세한 지식이야 인터넷 찾아보면 다 나오는 시대잖아요. 다만 문화센터도 아니고 대학이니까, 평가하고 성적을 내야 하니 과제도 내고 시험도 보는 것이지, 시험을 못 봤다고 해서 내가 불쾌해하는 것도 아니고, 점수가 낮은 학생들을 한심하게 생각하지도 않아요.

이런 강의가 있다는 것을 접한 순간부터, 강의를 듣겠다고 결정하고, 백 퍼센트 출석은 아니지만 수업을 듣고 과제도 하는 동안 천문학뿐 아니라 과학 전반에 대한 호기심이 생기고, 혹시 있었을지도 모르는 막연한 거부감 같은 것도 좀 줄어들었다면, 나중에 결혼해서 아이들을 데리고 과학관이나 천문대, 천체투영관을 구경하러 가볼까 하는 생각을 하게 된다면, 그게 내가 비전공자에게 천문학 강의를 하는 가장 큰 목표고 보람이에요.

여러 가지로 마음 불편했을 텐데 먼저 얘기해줘서 고마워요. 보강에 협조해줘서 고맙고, 한 학기 동안 수고 많았습니다. 하늘에서 신기한 것 보면 또 연락해요.

∘∘∘

K씨,

방학 잘 보내고 있나요? 어떻게 하고 있나 궁금했는데 다시 연락 줘서 고마워요. 유학 가서도 천문학 강의를 신청한 게 반갑고 고맙긴 했지만, AST 101이나 AST 301 같은 기초 강의가 아니라 AST 309라는 중간 단계의 수업이라 접근하기가 쉽지 않을까봐 내심 걱정했어요. 그런데 잘 적응했다니, 성적마저 잘 받았다니 정말 자랑스럽네요! 새로운 나라와 그곳의 대학 시스템, 외국인 교수진이며 전공도 아닌 천문학 과목까지 모든 게 낯설고 애로사항이 많았을 텐데, 잘 이겨내고 한 학기 훌륭하게 완주한 것을 진심으로 축하해요. 앞으로 더 많이 남은 학교생활도 지금처럼 현명하게, 그리고 무엇보다도 즐기면서 잘해나가길 바랄게요.

나도 대학, 대학원에서 한 과목 한 과목 새로 배울 때마다 기초부터 다시 공부하고 싶다는 생각을 많이 했었어요. 고등학교 때 공부 좀더 할걸, 대학 1학년 때 기초과목 공부 좀

더 할걸, 학부생 때 연습문제 좀 꼼꼼하게 풀어볼걸…… 그러나 기초부터 차근차근 되짚어볼 기회는 쉬이 오지 않고, 그럴 시간도 만들기 어렵더군요. 하지만 대신 깨달은 건 있었어요. 연습이 부족해서 생긴 빈틈은 그 원리에 대해 더 깊이 생각해보는 것으로 메꿀 수 있다는 것. 우리가 구구단은 달달 외워도 인도 학생처럼 19단까지 외우진 못하지만, 곱하기의 원리를 이해하고 있으니 계산해보면 19 곱하기 19까지 써내려갈 수 있듯이요. 괴로울 때는 '왜 그때 더 잘하지 못했을까' 하고 과거의 자신을 질책하게 되지만, 그땐 나름대로 이유가 있어서 삶의 다른 면을 돌보고 있었잖아요. 어쩌면 K씨에게 AST 309는 아주 훌륭한 선택이었을 거예요. 이제 301은 굳이 듣지 않아도 되는 쉬운 과목이 됐겠네요.

나는 지난달부터 출산휴가중이에요. 아이는 예쁘지만, 남들은 열심히 연구하는데 쉬는 동안 뒤처지지 않을까 조바심도 나요. 나도 K씨처럼 한 템포 쉬어가는 방학이라 생각해야겠네요. 잘 쉬고 나면 다시 잘 달릴 수 있겠죠?

우리, 즐거움과 쉼이 충만한 방학 보냅시다.
성공적인 한 학기, 축하해요.

2부

이과형
인간입니다

즐기세요

덜컥 문이 열리고 당직 근무자가 들어왔다. 대학에서 연구원으로 일터를 옮긴 첫 달이었다. 퇴근 시간은 한참 지났지만 나는 아직 연구실 책상에 앉아 오늘의 할 일을 붙잡고 씨름하는 중이었다. 몸으로 하는 씨름이라면 샅바도 맬 줄 모르지만, 엉덩이 붙이고 앉아 모니터를 노려보는 씨름, 몇 시간째 좁은 화면 안에 시선을 가둬놓은 탓에 눈이 침침해지고 과도한 마우스질에 오른쪽 팔목이 아려와도 버티고 버티는 그런 종류의 씨름이라면 내가 좀 한다.

당직자는 그날의 보안 점검표에 동그라미를 몇 개 치고 사인을 한 뒤, "밤에는 문을 이렇게 살짝 열어두세요. 안에 누가 계시는 줄 알면 저희가 이렇게 벌컥벌컥 들어오지 않아요" 하고 말했다. "들어오셔도 괜찮아요" 하는 내 대답에 당직자는 씨익 웃으며 "그럼, 즐기세요!" 하고 다음 연구실을 점검하러 갔다.

즐기라니. 내가 아무리 작은 소리로 음악을 틀어놓았다고는 해도, 늦게까지 집에도 못 들어가고 모니터 앞에서 머리를 싸매고 있는데 즐기라니. 이게 무슨 소리인가. 그러나 그가 건넨 인사는 아주 적절했다. 그는 이 연구원에서 오래 일해온 게 틀림없다. 적어도 신입 직원은 아닐 것이다. 내가 지금 이 순간을 즐기고 있다는 것을 정확하게 알고 있는 걸 보면. 대학에서 연구원으로 이직했지만 내 생활 패턴에는 별다른 변화가 없다. 전부터 공동연구하던 팀으로 옮겨왔기 때문에 연구실의 경·위도 좌표가 바뀌었을 뿐, 같은 사람들과 같은 목표를 좇고 있다. 그러고 보니 대학원생 시절에도 이런 종류의 인사를 했던 기억이 난다. 교내 천문대 입구 좁은 공간에 앉아 계시던 경비원께서는 출입하는 이들에게 늘상 인사를 해주셨고, 천문대로 올라오는 비탈길에 쌓이는 봄의 벚꽃잎과 가을의 낙엽과 겨울의 눈을 쓸어주셨다. 경비원을 보안 시스템으로 대체하는 바람이 분 뒤로 오랫동안 잊고 있던 그런 인사를 이직 후 다시 하게 되었다.

이상하게 낮에는 공부가 잘 안 된다. 밖은 너무 밝고, 각종 소리들로 부산하다. 사람들이 오가는 소리, 새와 벌레가 짝을 찾는 소리, 바람에 나무가 흔들리는 소리, 연구실을 공유하는 다른 사람들이 들고 나는 소리…… 그리고 핑계를 좀 대자면 우선 처리해야 할 다른 일이 많다. 가장 중요한 것은 내 월급과 연구비를 감당해주는 연구 과제의 양식과 규정에 어긋나지 않도록 주의하는 일이다. 연구비 카드로 구입한 물건의 영수증을 제출한다든지, 예산이나 참여 연구원의 변동 내역을 입력한다든지, 회의록이나 출장 보고서를 작성한다든지 하는 일은 사소하지만 제때 해치워야만 하는 일이다.

또다른 중요한 일은 교육이다. 내가 가르치는 게 아니라 내가 가르침을 받는 것이다. 연구 윤리니 직장 내 성희롱이니 보안이니 실험실 안전이니 하는 다양한 주제의 교육이 꼬리에 꼬리를 물고 찾아온다. 직장 다니고 월급 받는 것은 얼마나 큰 축복인가 생각하며 묵묵히 교육에 참석한다.

나의 고용 상태는 내가 참여할 연구 과제가 있느냐에 따라 달려 있다. 여러 연구자가 공동참여하는 큰 과제일 때도 있고, 내가 연구 책임자이자 유일한 참여 연구원인 1인 과제일 때도 있다. 과제 기간은 몇 개월짜리에서 십여 년까지 다양하지만 대개 3~5년 정도다. 과제가 끝나면 계약직 연구원인 나의 고용 기간도 끝난다는 뜻이므로, 과제가 끝나기 전에 미리미리 다음 과제 혹은 다음 직장을 알아봐야 한다. 과제 제안서나 자기소개서, 연구 계획서를 쓰고, 그간의 연구 실적을 모아서 양식에 맞게 입력하고 증빙 자료를 만드는 일, 졸업 증명서와 성적 증명서를 새로 발급받는 일은 아주 지겹지만 '먹고사니즘'과 과학자로서의 정체성을 좌우할 수 있는 신성한 작업이므로 소홀히 할 수 없다.

과학 공부는 아니지만 과학자라는 직업을 유지하기 위해 해야 하는 부수적인 일들, 중요도는 낮지만 마감을 넘겨서는 안 되는 종류의 일들을 좀 해치웠나 싶으면 이번에는 손님이 찾아온다. 우연히 근처에 볼일이 있어 온 김에 들렀다며 선후배들이 깜짝 방문하기도 하고, 행성과학을 전공하고 싶다는 학부생이 진로 고민을 들고 찾아오기도 한다. 같은 팀에 있는 대학원생이 하소연을 하러 오면 열심히 들어주고 맞장구쳐준다. 내가 괴로울 때 그들이 그렇게 해주었듯이, 곪아 터지기 전에 미리미리, 약해지려는 마음을 서로 달래주는 품앗이다. 결혼, 임신, 출산, 육아 상담도 잦다. 또래 중에 일찍 결혼한 편이기도 하고, 대학원에 다니면서 아이를 낳고 키우는 사람이 많지는 않아서다. 평소 왕래가 잦지 않던 동료가 어느 날 멋쩍은 표정으로 나를 조심스레 불러 세운다면, 기혼자 혹은 부모의 삶이란 어떤 것인가를 물으려는 참이다. 이 또한 누군가의 인생에 관한 신성한 논의다.

그 모든 일은 일과 시간 중에 일어난다. 중요도는 낮지만 마감 시간 내에 마쳐야 했던 일이 다 끝나고 방문객들도 돌아가고 나면, 그제야 연구 주제에 오롯이 집중할 수 있는 시간이 시작된다. 전화도 오지 않고, 복도를 오가는 사람들의 발길도 조용해진다. 공부에 빠져들기 딱 좋은 시간이다. 그래서인지 대학원생들은 밤늦게까지 연구실에 머물러 있는 경우가 많다. 나도 부모가 되기 전까지는 그랬다. 연구실에서 밤을 새다 버스가 끊긴 길을 걷고 또 걸어 집에 들어간 적도, 아예 조금 더 기다렸다 새벽 첫차를 탄 적도 많다. 그러나 이제는 돌봐야 할 자식들이 있으니 정해진 시간이 되면 퇴근해야만 한다. 이제 막 집중을 좀 해보려는데 집에 갈 시간이라는 알람이 울리면 선뜻 손놓고 일어나기가 쉽지 않다. 조금만 더, 조금만 더, 하다가 정말 더이상 돌이킬 수 없는 시각이 되기 직전에야 닥치는 대로 부랴부랴 가방을 챙겨 들고 뛰쳐나간다. 생각해보면 뛰쳐나가지 않은 날이 드물다. 왜 늘 미련을 버리지 못하고 마지막 순간에야 일어서는지. 엄마는 늘 뛰어다닌다.

그렇게 퇴근한 날은 읽고 있던 논문이나 책이 가방 가득 들어 있다. 부모 노릇도 연구자 노릇도 절반쯤만 할 수 있는 날이다. 아이들은 엄마가 일을 끝낸 뒤 눈을 맞추며 포근한 말 한마디 해주기를 기다리느라 밤늦게까지 버티고, 그러면 나는 "시간이 몇 신데 잠도 안 자고 지금 뭐하는 거냐"며 윽박지르느라 집중력을 발휘할 수가 없다. 그러다보면 어느새 시간은 자정이 넘어가고, 결국 벌게진 눈을 하고는 '내가 졌다'는 심정으로 자리를 박차고 일어나 아이들을 잠자리로 데려간다. 애들만 빨리 재우고 다시 일하리라 마음먹지만, 실상은 자는 척하려다 진짜로 잠들어버리는 날이 압도적으로 많다. 눈을 뜨면 이미 새로운 하루가 시작되어 있고, 어제 다 못한 일은 다시 오늘의 짐이 되어 나의 하루를 시작부터 무겁게 한다.

○○○

그러니 연구실에 홀로 남아 연구에 집중하는 밤은 정말이지 근사하다. 누군가로부터 전화도 걸려오지 않고, 누군가 찾아오지도 않으며, 아이를 먹이고 씻기고 입히고 재우는 일을 잊어도 되는 밤. 한 시간이든 세 시간이든 한 가지 주제에 오롯이 집중해 화장실 가는 것도 잊는 그런 밤. 어떤 사람의 직업은 정해진 '시간'을 성실히 채우는 일이고, 또다른 사람의 직업은 어떤 '분량'을 정해진 만큼 혹은 그에 넘치게 해내는 것이라면, 나의 직업은 어떤 주제에 골몰하는 일이다. 하나를 들여다봐도 이건 왜 그런지, 저건 왜 그런지 생각이 꼬리를 물고 이어진다. 그러면 하나씩 일일이 검색해보고, 찾아서 읽어본다. 여러 가지 방법으로 자료를 분석해보고, 그래프도 여러 가지 형태로 그려본다. 그러다보니 한 단계 전진하는 데 오랜 시간이 필요하다. 하지만 아주 즐거운 시간이다. 그리고 그 즐거운 지루함이 자연의 한 조각을 발견하는 것으로 이어진다면 금상첨화다.

외국 연구자들과 영어로 이메일을 주고받는 일이 종종 있는데 그들의 메일이 "Enjoy!"로 끝나는 경우가 있다. 예를 들면 최신 연구 동향을 살피다 우리 팀이 예전에 했던 일을 적극 지지하는 내용의 논문을 발견해서 공동연구자인 우리에게 알려준다든지, 어젯밤 새로 관측한 자료를 분석 담당 동료에게 보낸다든지 할 때, 파일을 첨부하면서 "자, 즐겨!" 하고 적어보내는 것이다. 내 지도교수께서는 그런 메일을 받고 나면 "이 친구는 머리 아픈 걸 보내주면서 뭘 즐기라고 한다니" 하며 괜스레 핀잔 섞인 한마디를 하시는데, 사실 본인도 이미 즐거움에 미소를 짓고 계신다. 그런 동료들과 함께 일한다는 사실도 일의 즐거움 중 하나라는 듯이. 그리고 그런 분을, 정년퇴임 후에도 여전히 천문대에 관측 제안서를 쓰고 모델을 만들고 논문도 쓰는, 과학자로서의 삶을 매일 만끽하며 지내는 분을 지도교수로 두었다는 사실이 내게도 일의 즐거움 중 하나다.

직장을 막 옮긴 뒤, 남편의 배려를 얻어 한동안 연달아 야근을 했다. 다음날, 그 다음날에도 내가 연구실에 늦게까지 남아 있자 당직 근무자분이 보안 점검표에 동그라미를 친 뒤 내게 좀더 길게 말을 걸어오셨다.

"저녁에 건물을 지키는 것은 제 몫입니다. 여기를 지키고 계시면 제 업무와 겹치잖아요. 박사님은 좀 들어가세요."

"아이고, 네. 조금만 더 있다가 갈게요."

"일이 그렇게 많아요?"

"아니요, 여기가 좋아서요."

발칙한 우주 산책

2000년대에는 대학생들의 유럽 배낭여행이 인기였다. 부유한 부모님을 둔 사람도 굳이 후줄근한 차림에 배낭을 메고 떠났으며, 가정 형편이 그다지 녹록지 않은 사람도 틈나는 대로 과외니 아르바이트니를 하며 여행을 떠나는 꿈이라도 꿨다. 유럽으로 떠난 이들은 국경을 넘는 야간열차에서 숙박을 해결하고 바게트 하나로 두 끼를 때우면서 아낀 돈을 박물관이며 미술관 입장료로 탕진했다. 여행 내내 열심히 찍은 사진이 몽땅 들어 있는 디지털카메라를 어이없이 소매치기 당하고는 노천 카페에 앉아 쓰디쓴 에스프레소에 각설탕을 두 개씩 녹여 마시기도 했다.

한국의 배낭여행객이 다니는 주요 루트는 대동소이했고, 나도 남들이 인터넷에 올려놓은 후기를 참조해 그 코스대로, 주마간산식 유럽 여행을 떠났다. 런던의 대영박물관, 파리의 루브르 박물관, 오르세 미술관, 퐁피두센터, 피카소 미술관, 빈의 미술사박물관, 바티칸의 대성당까지, 많은 예술작품을 감상했건만 내게는 그 모든 것이 보이는 그대로의 감흥밖에 전해주지 못했다. 물론, 성베드로성당의 기둥이나 조각상, 금빛으로 눈부신 클림트의 그림들처럼 그저 보기만 해도 입이 떡 벌어지는 작품도 많았지만, 로마의 포로 로마노는 누가 그 의미를 설명해주지 않으면 그저 폐허에 지나지 않았고, 원근법이 널리 쓰이기 전의 그림들은 초등학생이 조금 잘 그린 그림일기처럼 보였다. 오호, 낭패로다. 내가 그 여행에서 얻은 유럽에 대한 지식은 빌 브라이슨의 『발칙한 유럽 산책』에서 얻을 수 있는 것보다도 적었다. 아, 유럽을 여행하기에는 내가 지독하게 무식하다는 것은 확실히 깨달았다.

궁색한 핑계를 좀 대자면 나의 아버지는 당신 자식들이 만화책 보는 것을 대단히 한심해했기 때문에 나는 어린 시절 『어린이 그리스 로마 신화』라든지 『베르사유의 장미』 같은 것은 물론이고, 『먼 나라 이웃나라』를 펼칠 궁리조차 하지 않고 자랐다. 그래서일까. 고등학교 세계사 시간엔 딴생각만 했다. 어린 시절 뭣도 모르고 교회도 성당도 다녀보았지만 어느 종교에도 심취하지 못했다. 그리스 로마 신화와 가톨릭에 대한 이해가 없으니 남들이 좋다는 장소들을 맹목적으로 따라다녀봤자 종교적 색채가 짙은 유럽의 고전 예술은 내겐 난해한 암호문에 지나지 않을 수밖에. 12사도의 상징물을 알지 못하는 나는 루브르에 귀하게 모셔진 천 몇 백 년 된 그림들 앞을 세상 지루한 표정으로 걸어다녔다. 그뿐만이 아니다. 천문학자가 되겠다는 사람이, 서양 과학이 싹트고 무르익고 우거진 그곳을 돌아다니면서도 천문학은커녕 과학에 관련된 어떠한 장소도 방문하지 않았다는 사실을 여러 해가 지난 뒤에야 깨닫게 되었다. 체코의 프라하 천문시계를 구경한 것은 단지 그곳이 남들도 다 가는 유명 관광지이기 때문이었다.

칼 세이건의 유명한 고전 『코스모스』를 처음 읽던 때의 나는 신화도 종교도 역사도 모르는 채 유럽을 여행하던 때의 나와 다르지 않았다. 『코스모스』는 인류가 기록하고 남긴 역사는 물론, 그 이전의 생명 역사, 또 그 이전의 지구와 태양계의 형성, 마침내 우주 빅뱅까지 거슬러올라가며 그야말로 모든 '자연'의 역사를 두루 통찰하는 '빅 히스토리'의 거작이다. 천문학의 태동에 대해 설명하면서 점성술의 역사를 거슬러올라가고, 별을 비롯한 다양한 천체를 어원으로 하는 수많은 단어를 설명한다. 외계 생명을 얘기하다가 지구 생명에 대한 진화론의 역사를 훑고, 캄브리아기 대폭발을 논하며, 세포핵 속 DNA의 뉴클레오티드까지 들어갔다가 목성 대기로 쏙 빠져나온다. 한 사람이 지닌 지식의 넓이와 사유의 깊이가 그의 생물학적 나이라든지 그가 태어난 후로 지구가 태양 주위를 몇 바퀴 돌았는가 따위에 비례할 리는 없지만, 우주와 지구의 역사, 생명의 탄생과 진화를 논하는 이 대작을 집필했을 때 칼 세이건의 나이가 사십대 중반에 불과했다는 걸 생각하면 놀랍다. 문제는, 술술 읽어내려가기엔 나의 소양이 너무도 부족하다는 점이다. 천문학만 알아서는 이 책을 읽을 수 없다. 생물학도 알아야지, 화학도 알아야지, 그의 위트와 감탄을 이해하기 위해서는 세계사와 종교, 당시 미국 사회의 분위기와 천문학계의 상황에 대해서도 알고 있어야 한다. 결국, 나는 한 번도 『코스모스』를 처음부터 끝까지 읽지 못했다. 책에서 다루는 모든 분야에 대해 얕은 지식이라도 있다면 저자의 통찰력에 감탄하고 새로운 눈을 뜨게 됨에 매 문장마다 감사할 테지만, 몇 문단 지나면 어느새 그저 한 사람의 활자 중독자가 되어 눈앞의 글자를 읽어내리며 '명상의 시간'을 맞이하게 된다. 언제쯤이면 이 책을 읽는 내내 칼 세이건과 함께 감동의 도가니에 빠질 수 있을까.

나잇값 하기에는 한없이 얄팍한 나의 지식 외에도 이 책의 완독을 저해하는 요소가 하나 더 있다. 책 속에는 우주에 대한 찬탄의 정서가 끊이지 않는 배경음악처럼 책의 첫 장부터 마지막 장까지 계속 흐른다. 우주에 대한 칼 세이건의 경외와 찬탄이 담긴 문장들을 읽노라면 그의 혼이 돌아와 내게 말하는 것 같다. "오, 여러분, 우주는 정말 거대하고 광활한 곳이죠. 진실로 멋지지 않나요? 참으로 대단하지 않나요? 과연 감동적이지 않나요? 오, 여러분, 이 우주를 봐요, 온통 우주예요!" 그는 계속해서 경탄한다. 독자가 마지못해 고개를 끄덕일 때까지.

나는 좋아하는 록 밴드의 새 음반이 나올 때마다 언니에게 강제로 들려주며 "좋지? 좋지?"를 연발하곤 했다. 그러면 음악 취향이 나와 사뭇 다른 언니는 마지못해 몇 초 듣는 둥 마는 둥 하다가 "좋네" 짧게 한마디하며 수긍해주곤 했다. 하지만 내가 그런 몰상식한 짓을 몇 년이나 반복하자 어느 날은 인제 그만 좀 하라면서 버럭 화를 냈다. 아차, 내 감동은 오롯이 나만의 것이었지.

내가 『코스모스』를 읽을 때의 모습은, 동생이 끼워준 이어폰을 차마 내던지지 못한 언니의 모습과 다르지 않다. 좋은 작품이고 대단하다는 것은 알겠지만, 뭐 꼭 나까지 그렇게 같이 좋아야만 하는가 싶은 바로 그 표정 말이다. 칼 세이건은 긍정적인 의미로 대단한 선동가였다. 나만 그렇게 표현한 게 아니라, 저명한 천문학자 크리스 임피도 『우주 생명 오디세이』에서 "칼 세이건은 선동가이자 엔터테이너였다"고 썼다. 문제는, 미안하지만 나는 사람 선동하는 책은 딱 질색이라는 점이다. '저기요, 제 감동은 제가 알아서 느낄게요' 하면서 삐딱선을 타버린다.

그러면서도 새로운 번역본이 나왔다길래 샀다. 몇 차례 읽기를 시도했다. 그리고 다시 깨달았다. 번역 문제는 아니었다는 것을. 그래, 뭐 꼭 그렇게 하늘과 우주에 대한 감동으로 전율을 느끼는 사람만 천문학을 전공하라는 법이 있는 것도 아니니까. 장기하식으로 말하자면, 천문학자가 『코스모스』를 완독하지 않았다고 하더라도, 뭐 상관없는 거 아닌가?

그 모든 '우주적' 깨달음을 얻는 순간에 삼십만 조각 퍼즐을 막 완성한 것과 같은 희열이 있을 것임은 의심의 여지가 없다. 그러나 이제 막 첫번째 조각을 집어들었는데 누가 와서 여러 조각을 좌라락 맞춰주고 가면 내심 화가 나는 법이다. 나는 이 책을 두고두고 조금씩 읽을 것이다. 앉은 자리에서 그대로 읽어내려가기보다는, 어떤 내용이 있는지 대강의 틀을 기억해두었다가 유튜브에서 동영상 클립 보듯이 그때그때 발췌해서 읽을 것이다. 조언은 구할 때 해야 가치 있고 실효가 있는 것처럼, 우주의 아름다움도 다양한 지식을 접하며 스스로의 생각이 짜여나갈 때 불현듯 나를 덮쳐오리라.

요즘 서점에서 구할 수 있는 칼 세이건의 『코스모스』는 일평생 천문학 연구와 교육에 몸 바치셨던 홍승수 교수께서 새로 번역한 판본이다. 현재의 번역도 훌륭하지만, 만약 오랜 뒤에 또다시 새로운 번역본이 나온다면 나는 그때에도 또 개정 번역판 『코스모스』를 사들일 것이다. 후루룩 넘겨 읽고, '아, 이 아저씨 또 사람 선동하네!' 생각하며 책장에 꽂아둘 것이다. 어쩌면 그것이 내가 우주를 사랑하는 방식이다.

백 퍼센트의 별똥별

방송작가 한 분이 전화를 걸어왔다. 그는 한참 동안 공들여 내게 무언가를 설명했는데, 아주 예의바르고 단정한 말투였다. 그 차분한 목소리에 집중하다보니 진짜 용건이 무엇인지는 한참 후에야 알아차렸다. 짧은 인터뷰에 응해달라는 것이었다.

신호대기중이던 택시 블랙박스에 UFO 같은 게 찍혔다는 제보가 들어왔다고 했다. 무언가 불타오르는 것이 하늘에서 움직이면서 밝게 빛나던데 운석이겠느냐고 물었다. 땅에 떨어져야 운석이고, 아직 떨어지기 전에 불타고 있는 건 유성이라 부른다고 대답했다. 작가는 이미 영상분석 전문가의 의견도 구했다면서 영상을 메일로 보내줄 테니 검토해달라고 했다. 그리고, 부디, 방금 전화로 설명한 내용을 카메라 앞에서 다시 설명해달라고 했다.

엄밀히 말하면 그는 사람을 잘못 골랐다. 나는 우리 인류가 하늘에서 움직이는 물체의 영상을 가지고 그 궤도를 역추적할 줄 안다는 사실을 알고 있을 뿐이지, 그 계산을 직접 해보진 않았다. 그게 어디서 와서 어디로 갔는지 계산하려면 블랙박스 카메라의 화각畫角과 시야의 함수 왜곡을 알아야 하고, 당시 카메라의 위치와 방위각을 정확히 알아야 한다. 불타오르는 물체의 크기를 어림짐작할 수 있다면 도움이 되는데 그게 불타고 있으면 어디까지가 물체이고 어디서부터가 불꽃인지 분별해내야 한다. 게다가 이 몹쓸 것이 제멋대로 회전하고 있으니 시시각각 변하는 회전 속도도 추정해야 한다. 영상 속 물체가 가장 밝아질 때는 여러 픽셀이 온통 새하얗게 물들어 있고, 가장자리에서만 살짝 다른 빛을 띠었다. 그 색이 물체에서 기인한 것인지 구별하려면 카메라의 다이내믹 레인지와 색 수차色收差도 알아야 한다. 카메라가 아니라면 대기의 물질과 반응해서인지 그 물체에서 그런 색의 물질이 뿜어져나온 것인지도 구별해야 한다. 만약 그 물체를 찾아야 한다면 예상 추락 지점의 위도와 경도 좌표도 계산해야 한다. 그리고 결정적으로, 그건 별똥별일

게 뻔하니까 나는 작가와의 통화가 시작된 지 이십 초 만에 이미 흥미를 잃은 상태였다.

UFO라는 이름은 '미확인 비행물체Unidentified Flying Object'라는 아주 단순한 뜻이다. 그러니까 날아가는 물체가 있는데 뭔지 바로 알 수 없다면, 정체를 알 때까지 UFO라고 부르는 것이다. 외계인이니 스파이니 하는 뜻은 글자와 글자 사이의 좁은 틈에만 들어 있다. 한발 양보해서 UFO가 외계인이 타고 온 비행접시라고 하자. 그렇대도 지구를 찾아온 외계인이 우리나라 상공을 방문할 가능성은, 동화 속이 아니고서야, 전 지구 대비 우리 영토의 면적으로만 보아도 너무 낮다.

내면의 시큰둥함에도 불구하고 나는 작가의 부탁을 수락하고 말았다. 그가 늘어놓는 이야기를 듣고 있자니 최면에라도 걸린 듯 그가 겪고 있을 난처함에 공감해버린 탓이었다. 제작진은 이미 방송 준비가 다 되어 있었다. 영상분석 전문가, UFO 헌터, 심지어 축제용 대형 불꽃 제작사에까지 자문을 구했다. 이제 천문학자나 지질학자나 지구과학자나 아무튼 대강 비슷해 보이는 분야의 어떤 과학자가 나와 "유성입니다"라고 한마디만 해주면 완성이었다. 그러나 그 '어떤 과학자'를 물색하는 일은 도시에서 별똥별을 직접 목격하는 것만큼이나 쉽지 않다. 이런 인터뷰는 금전적 보상이 주어지는 일도 아니고 과학자로서의 명예를 드높이는 일도 아니며, 자칫 굴욕적인 스크린샷이 인터넷 어딘가에 박제될 잠재적 위험이 내재되어 있기 때문이다. 작가는 이미 여기저기서 퇴짜를 맞느라 시일을 많이 소요했고, 그 바람에 촬영할 수 있는 날짜가 하루밖에 남지 않아 인터뷰이를 구하기가 더욱 어려워진 모양이었다. 어쩌면 작가는 나와의 통화가 겨우 두번째였을 뿐이고, 난처한 목소리 연기에 천부적 재능이 있는 사람일지도 모른다. 어쨌든 나는 "방송국 근처에서 찾으시지, 그거 잠깐 찍으려고 여기까지 오시게요?" 하며 달력에 인터뷰 약속을 적어넣었다.

김영하 작가의 소설 『살인자의 기억법』에 나오는 연쇄살인범은 '다음 생에는 천문학자나 등대지기로 태어나고 싶다'고 했다. 소시오패스라서 밤하늘 혹은 바다만 하염없이 바라보는 직업을 떠올린 것일까. 나도 이 직업을 선택할 때는 천문학자가 사회에 나올 일이 이렇게나 많다는 것을 잘 알지 못했다. 아마 등대지기도 때때로 방송작가의 인터뷰 요청을 받을 것이다. 인터뷰 요청을 받는 등대지기의 심정이 어떤지는 모르겠지만, 천문학자의 경우 '사회의 부름에는 대체로 응해야 한다'고 생각하는 편이다. 천문학을 비롯한 많은 과학 분야가 국민이 낸 소중한 세금에서 연구비를 받고 있으며, 과학계 종사자임을 밝히면 듣는 사람은 대개

"오~" 하는 짧은 감탄사와 함께 이 직업을 존중해준다. 물심양면 지지를 받았으면 보답을 해야 한다. 물론 자신의 자리에서 충실히 연구하는 것이 가장 큰 보답이겠고, 이렇게 기회가 주어질 때 대중과 소통하는 것 또한 부수적이면서도 중요한 임무다.

피디는 '추적'이라는 글자가 크게 새겨진 모자를 쓰고 카메라를 들었다. 그리고 그가 나를 찍는 모습을 또다른 감독이 찍었다. 내가 피디를 향해 대답을 하면 그가 두번째 카메라를 보며 "진짜 그럴 수도 있겠네요!" 하고 추임새를 넣었다. 그는 이미 방송작가가 내게 메일로 보내주었던 제보 영상을 다시 보여주었다. 밝은 궤적을 그리며 빠르게 낙하하는 물체. 꽤 인상적인, 어쨌든 별똥별이었다. 도시에서 볼 기회는 아주 드물지만 우주적으로는 흔한 현상. 비슷한 설명을 몇 차례 반복하고 중간 중간 농담도 섞어가며 짧은 인터뷰가 거의 완성되었다. 이제 마무리 질문, 그가 묻고 내가 답했다.

"이게 유성일 확률이 얼마나 될까요?"
"백 퍼센트입니다."

마지막에 싱긋, 카메라를 보고 웃어 보이는 것도 잊지 않았다. 미해결 범죄 사건을 다루는 프로그램 출연자는 심각한 표정이어야 하듯이, 이 인터뷰에서는 과학과 함께 즐거움도 전달해야 할 것 같아서였다.

오 분 뒤, 나는 크게 후회하고 있었다. 백 퍼센트가 아닐 경우의 수가 자꾸만 생각났다. 제보 영상을 처음 보았을 때부터 인터뷰를 촬영하는 그 순간까지는 유성이라고 확신했는데, 그 말을 입 밖으로 내뱉자마자 머릿속에서 의심의 싹이 속속 자라났다.

어쩌면 인공물체일 가능성도 있었다. 외계인이 아니라 우리 인류가 만든 물체. 비교적 낮은 고도에 띄워두는 저궤도 인공위성은 운용이 끝나면 대개 안전을 위해 태평양이나 대서양으로 떨어지도록 맞춰둔다. 제보자가 말한 방향대로라면, 영상 속 물체는 바다 쪽이 아니라 한반도의 북서쪽으로 추락하고 있었다. 휴, 그렇지, 아닐 거야, 하고 안심했다. 그런데 또다른 생각이 이어졌다. 하강중인 인공물체의 궤도를 미처 조정하기도 전에 에너지원이 바닥나버렸거나, 애초에 궤도를 변경할 장치가 없다면, 혹은 어떤 불행을 맞아 통제 불능의 고철덩어리가 되어버렸다면 언제 어디로 떨어질지 모른다. 영화 〈그래비티〉에 그런 불운한 인공 별똥별이 나온다. 주인공 스톤 박사는 엄청난 속도로 날아드는 우주쓰레기의 폭풍을 맞닥뜨리는 바람에 허블 우주망원경에서 우주왕복선으로, 국제우주정거장으로, 소유즈Soyuz로, 그리고 중국 우주정거장 텐궁으로 계속해서 피신한다. 그가 가까스로 비상탈출캡슐에 탑승한 뒤, 텐궁은 지구 대기로 진입하면서 불길에 휩싸인 채 산산조각 나 산화된다.

어쩌면 제보 영상은 그런 운명을 맞이한 인공물체의 마지막 모습일 수도, 발사에 실패해 엉뚱한 곳으로 날아가버린 로켓일 수도 있었다. 인터넷에서 최근 추락한 대형 우주쓰레기나 잘못 발사된 로켓이 있는지 한참을 뒤져보았다. 혹시 추락의 영향으로 지진이 기록된 것은 없는지도 찾아보았다. 무언가 검색될 때마다 심장을 부여잡으며 전화기를 노려보았다. 여차하면 아까 그 피디에게 전화를 해 미안하지만 다시 와달라고 할 참이었다. 내가 잘못 말했으니 부디 딱 한마디만 다시 촬영하자고 읍소할 각오를 했다. 다행히 우주쓰레기 추락 사건 중 제보 영상의 날짜에 들어맞는 것은 없었다. 통화 버튼을 누르지 않아도 되었다. 그럼 또 뭐가 있지? 그게 만약 유성이 아니라면 말이야……

촬영팀은 이미 연구실을 떠난 지 오래인데 그들이 머무른 시간의 몇 곱절 되는 동안 계속 안절부절못하고 종종거리는 나를 보고 옆자리 동료가 피식 웃으며 한마디했다. "그러게 왜 백 퍼센트라고 했어요. 그냥 구십 몇 퍼센트라고 하지."

나이가 지긋한 과학자에게 무언가에 대해 질문하면 모른

다고 대답하는 경우가 많다. 알고는 있지만 설명하기가 어려울 때도 모른다고 하고, 피상적으로만 알고 있을 때도 모른다고 한다. 확답을 잘 하지 않고, 그럴 가능성이 높거나 낮다고만 한다. 우린 항상 잘 모른다. 자연은 늘 예외를 품고 있다. 지금 눈앞에 보이는 사실이 전부가 아닐 수도 있다는 것, 그것만이 언제나 어디서나 진실이다.

학회에서 발표자를 당황시키기 딱 좋은 고약한 질문 중 하나는 "확실한가요?"다. 그 순간 발표자의 머릿속에서는 방금 자신이 주장한 내용을 반박할 수 있는 온갖 희귀 사례가 주마등처럼 스쳐지나간다. 데이터를 분석할 때도 발표자료를 준비할 때도 미처 생각지 못했던, 혹은 주제에 집중하기 위해 애써 무시했던 희박하고 사소한 가능성들이 동시다발적으로 떠오르기 때문에 "아……" 하는 탄식과 함께 두 손을 맞잡으며 겸손한 자세를 취할 수밖에 없다. 그리고 장황하고 두서없는, 변명 아닌 변명을 늘어놓기 시작한다.

그러나 그런 질문을 받았다는 사실만으로 발표 내용이 평가절하되는 것은 아니다. 발표를 듣는 사람들도 의심쟁이들이기는 마찬가지기 때문이다. 과학자들의 의심은 남에게만 향하지 않는다. 오히려 스스로에 대한 의심에 자기 자신이 가장 많이 습격당한다. 일찍이 철학자 데카르트가 "알고 있는 모든 것을 의심하라"고 했던가. 과학자들은 그 말을 아주 잘 실천하고 있다. 의심하는 것이 직업이라고 해도 과언이 아니다. 하나의 문제에도 다양한 각도에서 의심하고, 그 답을 구하려 애쓰며, 답을 찾은 뒤에도 과연 답이 하나뿐인지 또다른 측면에서의 답은 없는지 계속해서 의심하는 것, 그것이 과학자가 하는 일이며 해야 하는 일이다. 그걸 머리로는 안다. 연구실 책상에 앉아 있던 시간의 대부분은 내가 방금 한 일과 조금 전에 한 일과 한참 전에 한 일을 의심하는데 썼으니 몸으로도 안다고 할 수 있을 것이다. 그런데 사회가 내게 '과학자'라는 이름표를 달아 연구실 밖으로 나오게 하자마자 어설픈 확신의 말을 의심도 없이 내뱉다니.

방송을 보니 다행히 내 인터뷰는 정말 짧게 나왔다. 유성에 대해서 나름대로 설명한 부분도, 백 퍼센트 운운한 부분도 모두 편집되었다. 눈 깜짝할 새에 내 분량이 끝나는 걸 보고 나니 갑자기 소화가 잘되는 것 같아 콧노래를 흥얼거리며 밥을 잔뜩 먹었다. 그러고는 속으로 쿡 웃으며 자조했다. '백 퍼센트라고? 웃기시네. 멀쩡한 과학자가 되려면 난 아직 멀었구나.'

최고의 우주인

과학 잡지 『에피』에 실린 '한국 최초 우주인 이소연 인터뷰'를 읽었다. 한국 최초의 우주인을 인터뷰한다는 걸까, 우주인 이소연을 한국 최초로 인터뷰한다는 걸까 궁금했다. 아직 우리나라의 우주인은 한 사람뿐이다. 유일무이한 '우주인 이소연' 앞에 '한국 최초'가 붙는 것은, 외동딸을 두고 '우리집 장녀'라고 부르는 것처럼 어색했다. 앞으로 우주 공간에 나가는 한국인은 더 많아질 테니까. 언젠가 우리 인류는 더 먼 우주로 나아갈 테니까. 흥부네와 같은 자녀계획을 생각한다면 현재의 외동딸이 미래의 장녀일 수 있으니 '한국 최초 우주인 이소연'이 어불성설은 아니다.

인터뷰 제목만큼이나 본문도 쉽사리 읽어내려갈 수 없었다. 우주 비행 십 년 만에 우주 체류 당시의 일기를 공개한다는 편집자의 소개글을 읽고 그것부터 보려고 책장을 팔락팔락 넘겼지만 그런 것은 보이지 않았다. B6보다 작은 아담한 판형의 잡지이기는 해도 서른 쪽이 훌쩍 넘는 상당한 분량의 인터뷰였다. 일기를 스캔해서 실은 게 아니라 본문에 직접 활자로 옮긴 건가 하며 첫 장부터 다시 한번 넘겨보다가 그 일기라는 것을 발견했다. 내가 잡지에 실린 삽화라고 여기고 무심히 넘겼던 그림이 열흘간의 우주 비행 동안 쓴 일기였다.

알아보지 못한 건 어쩌면 당연했다. 포켓 사이즈 다이어리의 위클리 페이지 두 장이었으니까. '고도원의 아침편지'라는 글귀가 선명하게 보였다. 왼쪽에는 좋은 글귀와 삽화가 들어 있고, 오른쪽 페이지가 일주일에 해당하는 일곱 칸으로 나뉘어 있었다. 그것은 우리가 '다이어리'라고 부르는 제품이 맞지만, 그 안에 적힌 것은 일기라기보다는 메모에 불과했다. 발사 당일의 기록을 제외하면 많아야 서너 가지, 그날의 할 일이나 짤막한 소감이 몇 단어로 적혀 있을 뿐이었다. 그 몇 줄짜리 메모가 '우주 일기'의 전부였고, 그 소박한 다이어리는 그의 우주 비행에 '초과로' 허락된 개인 물품이었다. 우주인 이소연에게는 너무 큰 일기장이었다. 그에게 주어진 자유시간으로는 위클리 다이어리의 좁은 칸도 다 채울 수 없었다. 나는 눈물이 났다.

이소연은 원래 예비 우주인이었다. 한국 최초로 우주를 비행할 사람으로 결정된 사람은 체격도 좋고 퍽 용맹해 보여서 나중에 우주인 이야기를 영화로 만든다면 직접 주인공으로 출연해도 될 법한 남자, 고산이었다. 한국에서 몇 손가락 안에 드는 대학과 직장을 다닌 수재에다 아마추어 복싱 선수였을 정도로 체력도 좋아 높은 경쟁률을 뚫고 우주인으로 선발되었다. 그 옆에 여성 후보가 함께하는 것은 국민들 보시기에 참 좋았다. 우주인 선발 과정이 남녀차별 없이 공정했고, 그것이 달라진 한국 사회를 반영한다는 인상을 주었다. 비행을 앞두고 갑자기 우주인이 바뀔 때까지는.

우주인이 사용할 물품은 이미 화물로 보내진 뒤였다고 한다. 그나마도 가져갈 수 있는 개인 물품 허용량은 미처 다 싣지 못한 실험 장비와, 우주인 프로젝트 도중에 명칭이 바뀐 주관 부처의 로고 패치와 스티커 등등으로 꽉꽉 채워졌다. 그 바람에 우주정거장에 머무는 동안 이소연은 고산이 미리 보내두었던, 체격도 성별도 다른 사람의 옷을 입어야 했다. 물품 목록을 작성하던 러시아 측 담당자가 이 사실을 알고 안타까웠는지 '이 안에 담으면 무조건 실어주겠다'며 슬쩍 건네주었다는 지퍼백 하나. 그 안에 급히 담은 다이어리를 십여 년 뒤의 내가 보게 된 것이다.

어떤 사람들은 이소연을 한국 최초의 우주인으로 받아들이지 않으려 했다. 전 국민의 관심 속에 선발된 우주인이 갑자기 교체된 것도 당황스러운데다가, 여성 우주인이 앞으로 나서게 되는 것을 고까워하는 시선이 더해졌다. 여성 우주인이 남성 우주인 옆에 후보로 있다가 역사적인 발사의 순간에 손뼉 치며 환호해주는 것이, 어떤 이들에게는, 보기 좋은 그림이었다. 고산이 이소연으로 교체된 사건은, 남자의 자리를 여자가 대신한다는 충격으로 퍼져나갔다. 이소연이 대학에서 기계공학을 전공하고 생명공학으로 박사학위를 받은, 우주정거장에서의 실험을 수행하기에 더없이 적합한 전문가라는 점은 쉽게 무시되었다. 많은 사람이 놓쳤지만, 우주인 프로젝트의 명목상 목적은 우주정거장에서의 과학 실험이었다. 우리나라 최초로 우주 실험을 수행할 사람이 마침 학계에서 과학 하던 사람이라는, 우리에게 주어진 이 행운은 전혀 주목받지 못했다.

우주정거장에서는 지구에서보다 얼굴이 붓는다. 다리 쪽으로 피를 잡아당겨주는 중력이 없는데도 심장은 지구에서의 제 역할을 다하려 하기 때문이다. 여성 우주인의 잔뜩 부은 얼굴을 두고 외모를 비하하는 댓글이 기사마다 달렸다. 이소연은 잠잘 시간도 아껴가며 열여덟 가지의 실험을 수행

해냈고, 생각대로 진행되지 않는 실험을 두고는 몇 날을 고민했다. 러시아 측에서 실험이 너무 많으니 줄이라고 요청할 정도로 무리한 일정이었다. 그런 일을 새내기 우주인이 완수해낸 일에 대해서는 누구도 목소리 높여 칭찬해주지 않았다. 우주에서 지구로 돌아올 때, 귀환 모듈의 결함으로 죽을 뻔했던 일이 한국 우주인의 영웅담으로 두고두고 인구에 회자되는 일도 없었다. 이소연이 탄 귀환 캡슐은 궤도를 이탈했고, 화염에 휩싸이는 바람에 통신조차 끊어진 채, 거의 수직으로 카자흐스탄의 평원에 메다꽂혔다. 예상 지점에서 수백 킬로미터나 벗어난 곳에 불시착했다. 당황한 그곳 주민들의 도움을 받아 귀환 캡슐에서 탈출하고, 구조대가 올 때까지 수 시간 동안 동료와 의지해 목숨을 부지해야 했던 극적인 이야기는 영화와 드라마로 지겹도록 재생산되는 대신 누구도 넘겨보지 않은 책장처럼 홀로 바래갈 뿐이었다.

우주 비행을 마치고 한국으로 돌아온 이소연은 수백 차례의 대중강연과 인터뷰를 하며 애초 계약했던 의무기간의 갑절 되는 동안 우주인으로서의 소임을 수행했다. 그러나 우주인 프로젝트는 일회성 사업이었고, 앞으로도 우주인 이소연이 할 만한 일은 11일간의 비행 이야기를 반복하는 것뿐이었다. 우주에서 돌아온 후 4년간 그랬듯이. 그렇다고 몇 년 만에 다시 DNA를 다루는 공학박사 이소연의 길로 돌아가기도 어려웠을 것이다. 하루가 다르게 발전해나가는 분야다. 수년간 손놓았던 사람이 다시 그 급류 속으로 들어가 안전하게 물살을 타는 일이 어디 쉬울까. 우주인 이소연이 할 수 있을 후속 프로젝트가 마련될 길은 요원해 보였다. 고민 끝에 휴직하고 미국 유학길에 오르자 이번에는 '먹튀'라는 비난이 쏟아졌다. 그곳에서 한국계 미국인과 결혼했을 때도, 휴직 기간이 만료되고 마침내 한국항공우주연구원을 퇴사했을 때도 같은 일이 반복되었다. 심지어 '공립' 과학고등학교를 나와 '국립' 한국과학기술원을 졸업한 경력까지 문제가 되었다. '그 여자'를 고등학교 때부터 박사과정까지 국가 세금으로 키워준 것이 괘씸하단다. 강연료를 챙기면서 출장비까지 받았으니 구상권이라도 청구해야 한다고 한다. 정말 그래야 할까?

규정 위반으로 우주 비행에 참여하지 못한 고산도 연구원과의 의무계약기간을 마친 뒤 미국에 갔다. 역시 우주인으로서의 정체성과는 별 접점이 없는 분야로 유학길을 떠났지만, 누구도 비난하지 않았다. 지금은 3D프린터를 만드는 회사의 대표로 있다는 그의 인터뷰 기사에 사람들은 격려와 응원을 보낸다. 그의 도전 정신과 마침내 성취해내는 모습에 칭찬을 보낸다. 우주인 프로젝트에 들어갔다는 260억이니 300억이니 하는 '혈세'를 뱉어내라던가, '우주 개척의 가치와 비전을 스스로 확고한 신념으로 만들어 제2, 제3의 우주인이 배출되도록 각고의 노력을 다하라'는 요구는 하지 않는다. '국가 차원의 후속 지원이 없다는 이유로 뱀 허물 벗듯 우주인으로서의 책임을 벗어던졌다'는 비난은 오롯이 이소연의 차지였다.

2007년 이소연과 고산을 함께 인터뷰한 기사를 찾아보았다. 아직 둘 중 누가 '소유즈'에 탑승할지 결정되지 않은 시점의 기사였다. 당시 미혼의 박사과정생이던 이소연에게 기자는 '골드미스'라는 단어를 꺼냈다. 우주에서는 노화가 빨리 진행된다는데, 여성이니 피부 문제에 신경쓰이겠다고 했다. 우주에서 생리가 시작되면 어떻게 하느냐고도 물었다. 우주가 상당히 춥다더라는 기자의 우려 섞인 질문에는 고산의 대답만이 기사에 실렸다.

° ° °

박사학위를 받은 뒤, 나는 관련 분야에 채용공고가 나올 때마다 꾸준히 원서를 넣었다. 4년 차 되던 해, 드디어 정규직 자리의 최종 면접을 볼 기회가 주어졌다. 면접관은 내게 물었다. "여직원들은 육아휴직이니 뭐니 해서 팀원들을 불편하게 하는데 어떻게 생각하시나요?"

서지현 검사가 조직 내 성추행 피해를 폭로해 뉴스에 오르내리던 시기였다. 대표적 전문직인 검사도 그냥 '여자'로 취급하는 사회. 내가 최종 합격자 명단에 오른다면, 나는 박사학위를 가진 이 분야 전문가가 아니라 잠재적으로 업무를 팀원에게 떠넘길 소지가 있는 '여직원' 중 하나가 될 운명이었다. 간절한 구직자의 슬픈 순발력으로, 다른 여성 지원자들보다 우위에 서보겠다고, 이미 아이들이 다 커서 육아휴직이 필요한 시기는 지났다고 답변했다. 면접관은 만족한 듯 고개를 끄덕였고, 나는 그로부터 스무 날 가까이 지독한 불면과 자기혐오에 시달려야 했다. 면접 결과는 낙방이었다. 정말 운이 좋았다.

"애는?"

아이가 어린이집에 다닐 무렵, 저녁 회식자리에서 만난 동료가 내게 "애는?" 하고 물었다. 우리 애 지금 ○○개월인데 요즘 말이 많이 늘어서 질문에 대답하느라 바쁘다고 했다. 식당에서 뛰고 소리 지르는 아이들을 보면서 어떻게 하면 내 자식은 안 그렇게 키울 수 있을까가 고민이라고도 했다. 그 외에 몇 가지 헛소리를 조금 더 지껄이다가 문득 깨달았다. 그는 그런 걸 물어본 게 아니었다. 이제 막 좋알거리기 시작한 어린아이의 근황과 아이를 키우는 초보 양육자의 삶에 대해 별로 궁금해하지 않았다. 그 질문의 속뜻은 "이 시간에 네가 여기 있으면 지금 애는 누가 보니?"였다.

어린이집, 유치원에 아이를 등하원시킬 때 며칠 연속으로 남편이 갔다가 며칠 만에 내가 나타나면 선생님들은 "어머님, 출장 다녀오셨나봐요?" 하고 인사해준다. 처음에는 그게 아니라고 설명하기도 했는데 그런 일을 몇 차례 겪은 뒤에는 그저 멋쩍게 웃으며 말끝을 흐리는 걸로 해명을 대신했다. 선생님들의 인식이 문제라거나 그런 경험이 불쾌했다거나 한 건 아니다. 그들은 다년간 수많은 부모를 겪어본 경험에 의거, 맞벌이 가정이라도 보통 엄마가 아이의 등하원을 전담하며, 아빠는 엄마가 출장이라도 가면 일시적으로 아이의 통원을 떠맡는 게 일반적인 현실이라고 판단해 내게 적절한 인사를 건넨 것이다. 그나마 내가 출장을 자주 간다는 사실을 기억해주었다.

엄마가 일을 한다는 것. 이 짧은 문장 속에는 너무도 많은 한숨이 응어리져 있다. 맞벌이 가정이라도 아내가 남편보다 육아와 집안일에 더 많은 시간과 체력과 열정을 소모한다. 부모가 일하는 동안 아이를 기관에 맡긴다고 해도, 아이가 아프거나 몸 상태가 좋지 않으면 집에서 쉬게 해야 한다. 내 아이뿐 아니라 다른 아이의 면역력을 위해서도 그렇다. 그럴 때 따로 도움을 받을 데가 없다면 우선 엄마가 아이를 감당한다.

애는 애다. 아프지 않고 성장할 수 있는 아이는 없다. 그리고 아이는 아플 때 스스로를 돌볼 능력이 부족하므로 양육자 중 누군가는 본인의 일을 포기하고 아이를 돌봐야 한다. 그럴 때 아빠는 왜 애를 보러 가지 않을까? 가장 큰 이유는 '그게 당연해서'일 것이다. 애가 아파도 엄마가, 등굣길 교통지도 당번도 엄마가, 학교 도서관의 서가 정리 자원봉사도 엄마가, 유치원 입학 추첨도 엄마가, 그게 당연하다고 여겨온 거다. 그리고 또하나의 큰 이유는 '그게 가능하니까'다. 여성 직원은 "저 오늘 애 때문에……"라고 말을 꺼내야 하는 상황이 많아서 이래저래 눈치도 보이고 불이익도 받지만, 어쨌거나 그렇게 살아갈 수는 있다. 그러다보니 '당연히' 육아와 가사 문제를 짊어지고 있는 여성에게는 책임이 있는 직급이나 전문직군의 자리에 애초에 접근조차 하기 힘들다. 처음부터 '가끔 빠져도 직장 전체에 큰 영향을 주지 않는 직급'에 배치되는 것이다.

그런데 남성 직원에 대해서는 그걸 용납하지 않는다. "애가 아파서……"라며 휴가 내는 남사원을 상상해보면, 그런 말을 꺼냈을 때 받는 첫번째 질문은 "어디가 아픈데?"가 아니라 "애 엄마는?"일 것이다. 남직원도 육아휴직을 할 수 있는 곳이 많지만, 내 남편이 그 제도를 활용하려고 시도했을 때 그쪽 직장의 분위기는 '이 회사의 역사에 길이 기록되고 싶으면 어디 신청해봐라'였다.

물론 아픈 아이를 돌보는 데에 엄마가 유리한 점도 있다. 여성이 상대방의 정서에 더 잘 공감해주고, 누군가를 '돌보는' 일을 남자보다 조금 더 잘한다. 아이들의 입장에서도 아플 때 엄마를 더 원할 수 있다. 하지만 그런 건, '엄마가 돌보면 더 좋은 이유'는 될 수 있어도 '엄마가 돌보는 게 당연한 이유'는 아니다.

부모 중 누군가가 본인의 일을 잠시 포기하면서까지 아이를 위해 달려가는 것은 양육자로서의 의무다. 아이가 아플 때 엄마가 일을 포기하고 달려가는 건 누군가는 가야 하는데 남편이 안 혹은 못 달려가기 때문이다. 현실이 그런 걸 누가 비난할 수 있겠나. 비난의 대상은 아픈 아이도, 달려가는 엄마도, 못 달려가는 아빠도 아니다. 갈 수 있으면서 안 달려가는 아빠가 있다면 그를 비난할 수 있을 뿐이고, 그런 경우엔 그게 아빠가 아니라 엄마라도 비난할 수 있다. 만약 우리가 남의 가정 일에 비난할 자격과 기회가 있다면 말이다.

나는 어느 여자 교수님을 혼자 몰래 존경하고 있다. 분야가 달라서 직접 뵙고 말씀 나눌 기회는 흔치 않았지만, 언젠가 그 학과 대학원생을 우연히 만나 "그 교수님 어떠세요?" 하고 물어본 적이 있다. 남초사회에서 자리잡은 여성 과학자는 언제나 호기심과 선망과 부러움의 대상이다. 어떤 성향이실까, 연구 스타일은 어떨까, 강의는 어떻게 하실까, 요즘은 주로 뭘 연구하실까, 그런 게 궁금했다. 그런데 내게 돌아온 대답은 "글쎄요. 애가 아프다고 학교 안 오실 때도 있고 그래요"였다. 내가 보기에는 정년을 앞두고도 적극적으로 연구하고, 자신의 대학원생들을 늘 자랑스럽게 여기는 멋진 교수님인데, 고작 그런 시선이라니. 그것도 아직 젊은 대학원생의 시야가 그렇게 구태의연하다니 나는 정말이지 깜짝 놀랐다.

부모 중 하나가 가사와 양육을 도맡거나 도우미를 고용하거나 조부모 등 친척의 도움을 받지 않고서는 아이 하나 키워내기가 이렇게 어려운 사회. 그래, 현실이 그렇다고 백번 인정한다. 그게 현실이지만, 그게 여자들의 '문제'로 인식되는 건 슬프다. 직장에서는 그토록 프로페셔널해야 한다면서, 가정에서의 의무는 가벼이 보는 아이러니는 무엇인가. 여성들이 남성 위주의 문화에 적응해나가듯이, '직장맘'들이 "애는?"이라는 질문을 던지는 사람들과 함께 직장생활을 잘하려고 노력하듯이, 그들도 여성들, '직장맘'들과 '함께' 살아가는 법에 대해 고민해보면 좋겠다.

∘∘∘

이소연 박사는 한동안 대중 앞에 나서지 않다가 아주 오랜만에 인터뷰에 응했다. 한국 최초의, 그리고 한국 최고의 우주인인 그를 한껏 응원한다. 우리는 우주인 이소연이 지상 훈련에서, 우주 실전에서, 그리고 우주에 다녀온 뒤에 겪은 모든 이야기에 귀기울여야 한다. 그가 무슨 실험을 했는지 하나라도 아는 사람이 몇이나 될까? 신비롭고 놀라운 우주 이야기부터 그에 못지않게 놀라운 과학정책 이야기까지, 오직 이소연만이 해줄 수 있는 이야기. 그 교훈을 얻으려고 우리는 그를 우주정거장으로 보냈던 것이다. 여자라는 이유로, 직업을 바꿨다는 이유로 그의 목소리를 억누르고 싶어 하는 사람이야말로 우리 모두의 세금을 '먹튀'하려는 자다.

감정의 진폭

'사회적'인 나이가 든다는 것은, 다양한 것을 보고 듣고 접하면서 감정의 어떤 주파수는 진폭이 줄어들고 어떤 주파수는 증폭되는 구조를 갖게 되는 게 아닐까?

대여섯 살 때쯤일까, 동네 아이들과 복잡한 주택단지 사이를 뛰어다니며 놀다가 갑자기 배탈이 났다. 급하게 집으로 돌아왔지만 이미 옷에 실수해버린 뒤였다. 나의 어머니는 원래 대소변 가리기를 비롯한 대부분의 일에 대해 내게 매우 관대했다. 그날도 한마디 꾸중도 훈계도 하지 않고 그냥 "그랬어?" 하고는 옷을 빨아주셨는데, 나는 내심 더러운 속옷을 손으로 빨게 만든 게 너무나 미안해서 한마디 말도 못하고 빨래하는 엄마 옆에 멍하니 서 있었다. 내가 큰 잘못을 한 건지, 미안한 건지, 고마운 건지, 당시의 내 지적 능력과 어휘력으로는 형언할 수 없는 여러 가지 감정이 범벅되었던 그날. 아마 나는 한층 자랐던 것 같다.

초등학생 시절 나는 가끔 밥상머리에서 식구들 몰래 울었다. 당시에는 그럴 만한 이유가 있었는데, 지금은 왜 그랬는지는 다 잊혀졌고 그저 때때로 밥을 먹다 말고 화장실에 들어가 삼 초 정도 울다가 괜히 변기 물 한번 내리곤 했던 기억만 있다. 그러고는 눈물 쓱 닦고 나와 아무렇지 않은 듯 다시 밥을 먹었다. 우리집에서 나는 '잘도 재잘대는' 어린애였는데, 그런 쫑알이에게도 때때로 명확한 이유 없이 아주 짧은 우울이 찾아왔다. 그럴 때면 뭐라 표현할 수 없는 복합적인 감정을 겪곤 했다. 사춘기였던 때는 그런 일들을 수도 없이 겪어 일일이 열거할 수도 없다.

지금의 남편을 처음 만난 것은 그가 군 입대를 몇 달 앞두었을 때였다. 취향이 비슷한 데가 있어 쉽게 친해졌는데, 그가 군에 입대한 직후 나는 이유 없이 심하게 앓았다. 저녁나절에 좀 아픈가 싶더니 한밤중에는 거의 기절할 정도가 되어서, 안방의 부모님도 부르지 못하고 방안의 전화기를 잡을 힘조차 없어 119도 눌러보지 못하고 밤새 끙끙 앓았다. 그때 우리는 만나는 사이도 아니었고 만나지 않는 사이도 아니었다. 취향이 비슷한 친구이기도 했고 그냥 아는 사람이기도 했고 어쩌다 한번 만나지는 사람이기도 했다. 나는 내가 왜 아픈지 한편으로는 알고, 한편으로는 몰랐다.

그 사람과 지지부진하게 연락이 됐다 안 됐다 하면서 몇 년을 보내고, 그 와중에 나는 다양한 사람들과 부대끼며 별별 사건에 휘말리고 별별 감정에 맞닥뜨렸다. 많진 않았지만 친구들도 만나지거나 안 만나지거나 했고, 친구의 친구들끼리 문제가 생기는 것을 목도하거나 같이 휘말리거나 했다. 결혼을 하고 아이를 갖는 과정에서도 수많은, 표현하거나 단정 짓기 어려운 감정들과 마주쳤다. 그것은 '예'나 '아니오'가 아니었다. '기쁨'이나 '슬픔'도 아니었다. '분노'나 '절망'도 아니었다.

∘∘∘

나는 그 아이가 머지않아 멀리 가버릴 것임을 짐작하고 있었다. 나는 그 아이를 한 번도 만나본 적이 없다. 아이의 엄마는 나와 같은 대학 교정에서 일하는 사람이었다. 우리는 오가다 마주치면 가벼운 인사를 나누는 사이였는데, 우연히 비슷한 시기에 아이를 갖게 되면서 모종의 동지 의식 같은 것이 살짝 생겨나 있었다. 각자의 아이가 무사히 태어난 뒤, 오가다 만나면 안부 인사 외에도 아이에게 젖을 먹이거나 분유를 먹이거나 이유식을 먹이는 것에 대한 이야기도 조금씩 나누는 사이가 되었다. 그러나 그런 대화가 오래 지속되지는 못했다.

내 아이보다 3주 먼저 태어난 그 아이는 건강이 썩 좋지 못했고, 어느샌가 약해질 대로 약해져 외부인의 출입이 철저하게 제한되는 병동에 머물렀다. 아이의 엄마는 내가 알지 못하는 어느 병원에서 중환자실을 지키느라 몇 달이나 병원 복도 의자에서 잠을 잤고, 그러는 사이 아이와 엄마의 집은 팔리고 좁혀지고 옮겨졌다는 것을 나중에야 알았다. 헌혈증이라도 모아야 하지 않을까, 주변 사람들끼리 모금이라도 해야 하지 않을까 생각했을 때는 너무 늦어 그런 것은 필요도 없는 시점이 돼 있었다. 나는 무능하게도 그저 그 참담할 시간이 다가올 것을 염려했다. 너무나 염려되어 주변의 여러 사람에게 사정을 말하고 대처 방법을 물었지만 어느 것 하나 뾰족한 수가 없었다. 나는 일하느라 바빴고, 내 아이도 때때로 감기나 수족구 따위로 앓느라 어린이집에 가지 못했다. 강의를 하기도 하고 듣기도 했으며, 시험도 보고, 연구도 하고, 보고서도 만들고 논문도 쓰고, 때때로 양가 부모님을 만나러 다니거나 내일을 위해 쉬어야 했다. 그 아이와 그 엄마를 계속 우려했지만 선뜻 나설 수 있는 길이 쉽게 보이지 않았다. 그건 이제 와서 다 핑계지만. 결국 팔을 뻗어 손을 내밀어보지 못했다.

반년도 넘게 비어 있던 그 자리를 아이 엄마가 어느 날 나와 청소하고 있다는 소식을 들었다. 나는 심장이 밖으로 튀어나올 만큼 쿵쾅거려 차마 문을 열지 못하고 그 앞에 물끄러미 서 있다가 도망가버렸다. 내 아이보다 불과 3주 먼저 태어났던, 두 돌 무렵이 되도록 걸어보지 못한 아이의 엄마가 있는 곳의 문을 열고 내가 들어간다면 어떻게 될까. 우리가 서로의 얼굴을 마주한다면 그다음엔 어떻게 될까. 그는 걱정 많이 했다는 내 말에 고마워하면서도 나를 보고 싶지 않을 것 같았다. 나를 보고 내 아이를 떠올리고, 그러고는 자신의 아이를 떠올릴 것이었다. 고슴도치 같은 존재가 된 나는 아이의 엄마를 다치게 할까봐 가까이 가지 못했다. 그 문을 똑똑 노크하지도, 벌컥 열어젖히지도 못했다.

며칠 뒤, 결국 아이의 엄마를 만났다. 그는 나를 보고 활짝 웃었다. 그의 밝음이 너무나도 큰 바윗돌이 되어 나를 짓눌렀다. 나는 자꾸만 눈물을 훔쳤고, 그는 자꾸만 휘청거렸다. 오래 머무를 수가 없어서 도망치듯 뒤돌아 걸었다. 만취한 사람처럼 비척거리며 한갓진 오솔길에 막 들어설 무렵, 문자가 왔다. 아이의 엄마였다.

채경씨 아이는 이름이 뭔가요? 몸무게는 얼마나 나가나요? 키도 많이 컸겠네요.

문자를 보는 순간 참을 수 없는 감정의 폭풍이 밀려들었다. 물풍선을 만들 때처럼 막 터지려는 울음보따리를 겨우 동여매고 주위를 둘러보았지만 대학 교정에는 아이 부모가 드물었다. 소수의 육아 동지들은 하필이면 그때 회의중이거나 강의중이거나 다른 일로 자리를 비워 나를 만날 수 없는 장소와 시간에만 존재하고 있었다. 나는 빈 강의실에 들어가 미친 사람처럼 왔다갔다하며 진이 다 빠지도록 머리를 부여잡고 울었다.

아이는 일 년 가까이 누워 있었기 때문에, 그 엄마는 또래 아이들의 발달 상황에 대해 잘 모른다고 했었다. 미간을 살짝 찌푸리며 간간이 말을 멈추는 그분을 안아주고 싶었지만 세 발짝 거리에서 나는 한 뼘도 다가가지 못한 채 하나마나 한 소리만 하다가 돌아선 참이었다.

아이를 키워본 적이 없는 친구들은 괴로워하는 나를 보고 자못 심각한 표정으로 고개를 끄덕이긴 했지만, 그들과 나 사이에 가로놓인 무색무미무취무형의 벽을 느꼈다. 엄마 아빠들은 달랐다. 별로 친하지도 않은 남의 아이가 아픈데 왜 내 가슴이 이토록 타들어가는지를 그들은 잘 알았다. 그건 아마 아이를 갖고 낳고 키우면서 감정의 진폭이 커졌기 때문일 것이다. 그래서 감정의 진폭이 큰 쪽이 우월한 것이냐 하면 그렇지 않다. 어느 쪽이 더 의미가 깊고 가치가 높은 삶이냐 하면 그것도 쉽게 말하기 어렵다. 아이를 키우면서 얻는 행복이 천국 같다던데 하고 묻는 친구에게 나는 천상의 기쁨과 동시에 그만큼 깊은 지옥도 만나게 된다고 답해주었다. 결국은 다 상쇄되지 않을까. 그날 밤, 가슴이 너무 아려와 일기장을 펴놓고도 한 글자를 적지 못했다.

며칠 뒤, 오랜만에 친구들과 만날 기회가 있었다. 분위기 깨지 말고 즐거운 척이라도 해야지 하며 나갔다. 그래도 남의 일이라고, 며칠 사이에 많이 잊어버렸다. 오륙 년 만에 만난 맘이 맞는 친구들과 음악도 듣고, 맥주도 마시고, 방방 뛰었다. 그건 다 거짓말 같았다. 방방 뛰는 내 모습이 내려다보이는 것만 같았다. 그 아이의 엄마를 아직 한 번도 안아주지 못했다. 그의 슬픔이 한없이 깊다면, 그걸 상보하고도 남을 만큼의 극락과도 같은 기쁨이 그의 삶에 충만하기를, 오늘도 비겁하게 혼자 속으로 기도한다.

지구는 별이 아니다

새 학기가 시작되면 학생들은 공들여 단장을 하고 캠퍼스를 누빈다. 무심하게 입은 듯 보이도록 신경쓴 옷차림에 폼 나는 가방을 든다. 두 팔로 책을 한아름 안고 돌아다닌다. 자세히 들여다보면 달랑 한 권인데 그 한 권이 얼마나 두꺼운지 한아름이다. 그토록 두껍고 무거운 책을 굳이 팔에 끼고 다니는 이유는 원서이기 때문이다. 같은 과 학생이 아니라면 책 제목이 한눈에 들어오지 않아서 제법 있어 보인다. 해외에서 '직구'했다면 꽤 비싼 값을 줬을 테니 전시도 좀 할 필요가 있다. 한 달 반 정도 지나면 모두의 가방은 커다랗고 투박한 백팩으로 바뀌고, 원서는 그 안에 들어갔는지 손에는 A4 용지에 휘갈겨 쓴 요점 정리 몇 장만 팔락거린다.

학생들, 특히 이공계 전공자들이 굳이 원서를 가지고 다니는 것은 우리말보다 영어 실력이 좋아서도, 돈이나 과시욕이 많아서도 아니다. 대한민국에서 나고 자랐다면 우리글로 된 책이 더 술술 읽힐 텐데, 이공계 강의는 영어 원서를 쓰는 과목이 대단히 많다. 애초에 한글로 쓰인 교재가 없는 경우가 많아서 원서를 쓰는데, 한글로 된 번역본조차 잘 없다. 대학 교재 번역 일은 영어 실력과 해당 분야의 지식을 모두 필요로 하는데, 그게 돈을 많이 벌 수 있는 시장은 또 아니기 때문에 웬만해서 번역을 하려들지 않는다. 번역본이 있더라도 분명 글자는 한글인데 무슨 말인지 이해하기 어려우면 그냥 원서를 사용한다.

'이과 망했으면' 시리즈나 '문송합니다' 같은 농담이 널리 공감을 받으며 유행하는 것만 봐도 알 수 있듯이, 우리나라에서는 문과형 인간은 문과 교육을, 이과형 인간은 이과 교육을 집중적으로 받으며 자란다. 그래서 이공계 전문지식을 가진 사람 중에 교재를 집필하거나 번역을 할 만큼 글솜씨가 좋은 사람은 많지 않다. 번역된 용어도 일본식 한자어를 그대로 직역한 것이거나, 그걸 순화한다고 지나치게 순우리말로 바꾸는 바람에 도리어 무슨 뜻인지 알기 힘든 경우가 많다. 그렇게 한글 교재가 부족한 상태로 계속해서 세대를 이어가며 영어 실력도 문해력도 충분치 않은 이공계 학생들이 원서를 많이 읽게 되는 것이다.

박사학위 논문을 한글로 썼다. 도전이었다. 보통 이공계의 박사학위 논문은 해외 학술지에 영어로 발표했던 논문들을 종합한 것이기 때문에 영어로 쓰는 경우가 많다. 전부 우리말로 바꿔 쓰느니, 서론 결론 부분만 영어로 조금 더 써서 덧붙이는 게 쉽고 편하다. 감사의 글만 우리말로 쓴다(사실 기념으로 졸업논문 인쇄본을 받는 사람도 감사의 글만 읽는다!). 나도 그러려고 했는데, 몇 가지 졸업 요건을 갖추는 타이밍이 잘 맞아떨어지지 않아 어정쩡하게 졸업을 한 학기 늦추게 되었다. 시간이 남는다는 생각에 호기롭게 번역을 시도했는데, 하마터면 졸업을 한 학기 더 늦출 뻔했다. 아무리 내가 썼던 논문이라고 해도 영어를 한글로 번역하는 자체가 쉬운 일이 아니었고, 그보다도 우리말에는 없는 용어가 너무 많았기 때문이다. 한국천문학회에서 만든 『천문학 용어집』에도 없는 단어가 많았다. 각 연구자가 다루는 아주 좁은 특정 분야의 용어들을 모두 망라하려면 『천문학 용어집』은 국어사전 수준이 되어야 할 것이다. 당연히 『천문학 용어집』은 '범용'이다. 타이탄 대기 분광 연구를 했던 내게 필요한 것은 타이탄 대기 분광 용어집이었다(그런 게 있을 리가 없지!). 한국물리학회의 『물리학 용어집』, 대한화학

회의 『화학 용어집』까지 수없이 들춰보며 도움을 받았지만, 그래도 해결되지 않은 많은 단어는 내가 만들어야 했다.

특히 쉬운 단어일수록 번안하기가 힘들다. 예를 들어, '힘'이나 '일'은 일상생활에서 너무 많이 쓰는 말이라 중고등학교 과학 수업시간에 그 정의를 처음 배울 때는 오히려 낯설다. 어떤 수험생이 메모지에 '인생은 속도가 아닌 방향이다'라고 써서 책상에 붙여놓자 이과생이 와서 속도에는 이미 방향 개념이 들어 있다며 '속력'으로 바꿔 쓰라고 했다는 이야기도 남의 일이 아니다. 아는 교사가 환경 교육 자료를 공들여 만들면서 '초록별 지구'라고 써놓은 것을 보고 지구는 별이 아니라 행성이라고 했다가 이래서 이과생은 안 된다며 의절당할 뻔했다. '행성'에 이미 별 성星자가 들어가지 않느냐는 지적에 딱히 반박할 말도 없었다. 참고로 천문학에서 별은 행성, 위성, 혜성 같은 천체를 제외하고 스스로 빛을 내는 천체를 말한다.

행성의 문제는 이름에 이미 '별'이 들어 있다는 것에서 끝나지 않는다. 행성은 크게 '지구형 행성'과 '목성형 행성'으로 나뉜다. 수성, 금성, 지구, 화성이 지구형 행성에 속하는데, 암석이 주를 이루고 대기는 조금 있으므로 '암석형 행성'이라고도 한다. 덩치가 작고 온도가 높은 영역에 있어서 처음 형성될 때 기체를 더 많이 잡아두지 못한 행성들이다. '목성형 행성'은 덩치가 더 커서 기체도 많이 가지고 있는 목성, 토성, 천왕성, 해왕성이다. 겉은 주로 수소와 헬륨으로 된 두터운 기체 덩어리이고 안으로 들어갈수록 밀도가 높아져 액체 상태일 것으로 추정되지만, 그 깊이를 가늠하기는 어렵다. 이렇게 어마어마한 기체를 품고 있는 목성과 토성을 '가스 자이언트gas giant'라고 한다. 천왕성과 해왕성은 '아이스 자이언트ice giant'라고 한다. 태양으로부터 너무 먼, 추운 곳에 있어서 얼어붙은 성분이 많기 때문이다. 우리말에는 아직 이러한 영어 명칭에 대응되는 용어가 없다. '가스 자이언트'는 친한 사이에 부르는 별명 같은 인상을 주는데, '기체거대행성'이라고 하면 그런 친근감이 사라진다. '자이언트'를 '거인'으로 직역하자니 그건 또 행성 같지가 않다.

행성을 태양으로부터의 거리에 따라 분류하기도 한다. 소행성대를 기준으로 태양 가까이 있는 지구형 행성들은 '이너 플래닛inner planet', 더 바깥쪽에 있는 목성형 행성들은 '아우터 플래닛outer planet'이라고 한다. 행성과학에서 대단히 흔히 쓰이는 말이지만 우리말로 바꿔 부르기가 마땅치 않아서 영어를 그대로 사용한다. 중고등학교 교과서에는 '내행성'과 '외행성'이라는 개념이 나온다. 얼핏 생각하면 앞의 표현과 비슷해 보이지만, 그건 지구를 기준으로 하는 개념이다. 지구보다 안쪽에 있는 수성과 금성이 내행성이고, 지구

밖에 있는 것이 외행성이다. 화성은 '지구형 행성'이고 '이너 플래닛'이며 '외행성'이다. 내행성과 외행성에 해당하는 영어 용어는 '인피리어 플래닛inferior planet'과 '수피리어 플래닛superior planet'이고, 지구는 어느 쪽에도 속하지 않는다. 나는 이너 플래닛을 '내측 행성', 아우터 플래닛을 '외측 행성'으로 부르기도 하는데, 사실 썩 마음에 드는 해결책은 아니다. 그저 최소한 다른 용어와 겹치지만 않도록 하자는 미봉책에 지나지 않는다. 아, 나의 빈약한 우리말 실력이여.

최근 명왕성도 행성에서 제외되어 태양계 행성이라 봐야 고작 여덟 개밖에 되지 않는데 굳이 이렇게도 분류하고 저렇게도 분류하는 것은 단순히 행성 이름을 열거하기 귀찮아서만은 아니다. 이제는 태양이 아닌 다른 별 주위를 도는 외계행성에 대한 연구가 활발해지고 있다. 외계행성 탐색 전용 망원경을 우주에 띄워놓고 밤하늘의 아주 좁은 특정 지역만 관측했는데도 수천 개의 행성을 발견한 것을 보면, 거의 모든 별이 행성을 거느리고 있을 것으로 생각된다.

별이 행성을 거느리는 데 어떤 규칙이 있는지는 앞으로 활발하게 연구될 것이다. 별이 탄생하고 그 주위의 잔해에서 행성계가 생겨나는 원리, 행성계가 진화하면서 시간에 따라 행성들의 위치가 오락가락하다 마침내 안정되는 데 어떤 기작機作이 있는지를 이제 연구자들이 밝혀내려고 한다. 새로운 분야가 시작되니 불과 몇 년 전에는 없던 새로운 개념들이 속속 등장한다. 블랙홀이나 우주론에 관한 연구도 새 지평을 맞고 있고, 천문학뿐 아니라 AI나 머신러닝 등에서 보듯이 새로운 분야에서 새로운 용어가 계속 만들어질 것이다. 이들과 결이 맞는 우리말을 찾고 만들어둔다면, 영어와 용어의 눈보라 속으로 용감히 뛰어드는 초심자들의 주머니에 뜨끈한 군고구마 하나씩 넣어주는 셈이 되지 않을까.

관측하기 딱 좋은 날

천문학자가 나오는 TV 프로그램을 보았다. 블랙홀에 관련된 현상을 연구한다는 그를 집중 조명한 프로그램의 마지막에 나온 장면은 그가 지름 수십 센티미터 크기의 망원경에 눈을 대고 무언가 관찰하는 모습이었다. 심지어 관측소 돔의 천창은 엉뚱한 방향으로 열려 있었다. 블랙홀 연구자는 망원경으로 관측소 돔 뚜껑을 바라보며 무슨 생각을 했을까.

굳이 나누자면 나는 천문학자 중에서도 관측자에 속한다. 망원경으로 천체를 관측하고, 그 자료를 분석한다. 관측자는 이론가나 계산가와 팀을 이루어 일하기도 하고, 공학자와 함께 새로운 관측기기를 만들기도 한다. 그렇지만 관측자인 나도 천문대에 가본 지는 오래되었다. 요즘은 주로 무인 우주탐사선이 관측한 자료를 분석하는데, 인터넷에 대부분 공개되어 있다. 하와이 천문단지에 있는 큰 망원경을 쓸 때도 있지만 그곳에서 일하는 공동연구자가 관측을 도맡아준다. 캘리포니아 산꼭대기의 원격 천문대에 설치해둔 망원경은 어디서든 인터넷만 되면 구동시킬 수 있다. 그 망원경이 고장나거나 안쪽에 먼지가 너무 많이 쌓이면 어쩔 수 없이 누군가 천문대에 직접 가서 주경을 닦아야 하는데, 나보다 관측기기를 더 잘 아는 다른 동료들이 가기 때문에 나는 망원경을 직접 만져볼 일이 없다. 천문대에 직접 관측하러 갈 때도 마찬가지다.

대학원생 때는 보현산 천문대에 종종 갔다. 수원에서부터 동대구까지 기차로 간 다음, 거기서 다시 영천으로 가는 기차를 탔다. 영천에서 점심을 간단히 먹은 뒤 버스를 타고 천문대 아래의 '별빛 마을'까지 가서 동네 산책을 좀 하다보면 천문대 직원이 차를 몰고 데리러왔다. 천문대에서 차를 보내 그날의 관측자를 굳이 모셔가는 이유는, 천문대로 올라가는 산길이 대단히 가파르고 위험하기 때문이다. 사륜구동 차량으로 수송을 담당하는 직원이 낮에는 관측자와 우편물을 실어나르고, 아침저녁으로는 다른 직원들의 통근도 책임진다.

천문대 차를 타고 올라가면 관측자 숙소에 짐을 풀고도 시간이 좀 남는다. 그러면 일층의 강아지들과 잠깐 놀기도 하고 바로 옆 시루봉에 가서 주변 풍광도 구경하고, 과자도 까먹었다. 산 아래서 사 온 과자 봉지가 해발 1124미터의 천문대에서는 터질 듯 빵빵해진다. 같이 온 선후배들과 함께 양 볼을 잔뜩 부풀린 채로 과자 봉지와 함께 사진도 찍고 놀다보면 오후도 금방이다. 이제 좀 심심하다 싶을 때면 관측을 시작할 시간이다. 그날의 관측을 도와줄 오퍼레이터의 옆구리를 쿡쿡 찔러 플랫flat을 찍으러 관측소에 올라갔다. 저울의 영점 조절 같은 기능을 위해서다. 망원경은 밀폐된 장치가 아니기 때문에 내부로 공기가 드나들고, 먼지가 달라붙기도 한다. 운이 나쁘면 새똥이 떨어질 수도 있다. 거울에 얼룩이 생기면 관측자료에 영향을 미치니까 미리 그 얼룩만 찍어놓았다가 나중에 보정할 때 쓴다. 다른 기기들의 특성도 미리 기록해두어야 하지만 그런 건 좀더 늦게 해도 된다. 나는 태양 빛을 반사하는 행성, 위성들을 관측하기 때문에 태양의 특성을 미리 측정해두기 위해서 조금 일찍 시작했다. 한낮엔 너무 밝으니까 어둑어둑해질 무렵, 아직 태양 빛이 남아 있는 동쪽 하늘의 스펙트럼을 찍어두러 가는 것이다.

플랫을 찍고 나면 다시 털레털레 돌아와 저녁을 먹으러

갔다. 조리사는 밥솥과 반찬통에 저녁거리를 미리 준비해두고 퇴근한 뒤다. 천문대에 남아 있는 직원들과 그날의 관측자가 삼삼오오 모여 음식을 꺼내 먹는다. 조리사는 대개 천문대 아랫마을에 사는 주민이라서, 경상북도의 친구집에 놀러 와 집밥을 먹는 느낌이 든다. 타향살이하다 오랜만에 집에 온 듯 푸근하다.

저녁을 먹고 한숨 돌리면 곧 관측하러 갈 시간이다. 천문대 주변은 모든 불을 꺼놓았고, 산기슭부터 출입이 통제되므로 지나가는 차의 헤드라이트도 없다. 두꺼운 점퍼와 손전등을 챙기고, 오퍼레이터가 모는 트럭을 타고 관측소에 올라갔다. 가까운 거리지만 너무 깜깜하고 추워서 차로 다닌다. 관측이 끝나고 새벽에 내려올 때는 훨씬 더 춥다.

관측소에 도착해도 망원경이 있는 곳으로는 갈 일이 없다. 꼭 필요할 때는 오퍼레이터가 다녀온다. 오퍼레이터는 관측에 필요한 기기 운용을 담당하는 사람으로, 대개 2주 단위로 교대하며 천문대에 머무른다. 어쩌다 한 번 오는 관측자인 내가 나서봤자, 잘 알지도 못하면서 엉뚱한 걸 건드리는 사고나 치지 않으면 다행이다. 나는 관측실의 컴퓨터 앞에 앉아 있을 따름이다. 학과 건물 옥상에 선배들이 지었던 간이 천문대에서는 관측자가 돔 천장 여는 것부터 망원경 조작, 관측까지 모든 일을 다 했지만, 제대로 된 천문대에서는 오퍼레이터가 많은 부분을 해결해준다. 이제 목성으로 갈게요 하고 목성이 있는 적경 적위 좌표를 부르면 오퍼레이터가 망원경을 움직여주고, 좀 뿌옇게 된 것 같아요 하면 초점도 다시 맞춰준다. 오퍼레이터가 없으면 나는 손발이 묶인 거나 마찬가지다.

준비가 다 되면 본격적으로 관측을 시작한다. 노출 시간을 결정하고 촬영 시작 버튼을 누른 다음 관측 로그를 적는다. 다른 모니터에는 외부 CCTV와 기상청 사이트를 띄워 놓고 하늘에 구름이 있는지, 풍속과 온도는 어떤지 등을 수시로 확인한다. 노출이 끝나면 방금 찍은 파일을 점검해보고 다시 조정해서 촬영, 기록. 다시 촬영, 기록. 다른 천체로 대상을 바꿔서 촬영, 기록하기를 몇 시간 동안 반복한다.

관측 로그에는 테스트용으로 촬영했거나 실수로 잘못 찍은 것도 그대로 기록하고, 자동으로 저장되는 파일도 지우지 않는다. 『조선왕조실록』을 쓰는 사관의 심정으로 관측자 명단과 관측대상에 관한 것은 물론, 날씨, 온도, 습도, 풍향, 풍속 등 모든 것을 기록한다. 내가 오기 전 며칠간의 관측자가 남긴 로그도 넘겨본다. 관측기기에 특별한 이상은 없었는지, 최근 새로 생겨난 문제점은 없었는지 살펴본다.

그러다 구름이 깔리면 다시 맑아지기를 기다리는 동안 오퍼레이터와 함께 간식도 먹고 커피도 마신다. 가끔은 가까운 외국 천문대의 홈페이지에 들어가 그곳의 CCTV 화면을 보기도 한다. "에잇, 저기는 관측하고 있겠네. 여기 구름 좀 빨리 저기로 보내봐" 따위의 시답잖은 농담을 하며 다시 기회가 오기를 기다린다. 지구는 돌고 별도 행성도 뜨고 지니까 천체마다 찍기 좋은 시간대가 있다. 구름 때문에 특정 시간대에 관측을 못한다면, 다음 시간대에 찍을 만한 다른 천체 후보를 미리 골라놔야 한다. 물론 관측하러 오기 전부터 시간대별로 대안을 적어가지고 오지만, 계획은 늘 실시간으로 변경된다. 관측하려는 주요 대상 말고 기준으로 삼을 다른 별들도 찍기 때문이다. 그나마 그런 '조연' 별을 찍을 타이밍에 구름이 나타나면 대역이라도 찾아보건만, 오늘의 주연 스타를 찍으려는 참에 구름이 몰려온다면 대략 난감, 관측 실패다.

당시 나의 관측대상은 주로 토성의 위성인 타이탄이었다. 토성은 타이탄과 함께 태양 주위를 약 30년에 한 바퀴 돈다. 그러니까 2, 3년 정도는 매번 비슷한 계절에 관측하게 된다. 그때는 그게 하필이면 한겨울이었다. 관측 좀 할라치면 구름이 몰려오고 눈보라가 쳤다. 날이 맑은가 싶으면 정월대보름 달이 휘영청 밝아 방해됐다. 배정받은 사나흘간의 관측일 내내 좋은 관측자료를 얻지 못하면 일 년 후를 기약해야 했다. 대학원생의 시간은 그렇게 속절없이 흘러갔다.

몇 년 만에 기적처럼 딱 하루, 모처럼 날씨가 좋았다. 며칠을 관측자 숙소에서 대기만 하다가 마지막날 밤, 하늘은 말도 못하게 맑았고 타이탄은 바로 거기 맑은 하늘에 떠 있었다. 열심히 관측을 하고, 새벽 해 뜨기 직전 하늘 플랫까지 한 번 더 찍고 내려왔다. 한숨 자고 일어나 집에 돌아갈 채비를 하고 식당에서 들뜬 마음으로 '경북 집밥' 점심을 먹고 있는데 천문대의 박사님 한 분이 오셔서 내게 말을 걸었다.

"이 관측, 학위 논문에 들어갈 건가요?"

"네. 왜요?"

"어제, ND 필터가 끼워져 있었어요. 스펙트럼에는 별 영향이 없지 싶긴 한데, 좀…… 그렇게 되었네요."

어쩐지, 날씨가 그렇게 맑은데 너무 어둡게 찍히더라니. ND 필터는 관측대상이 너무 밝아서 사진이 잘 나오지 않을 때 광량光量을 줄여 어둡게 찍으려고 쓴다. 내가 오기 며칠 전 ND 필터가 쓰였지만 원위치시키지 않은 채 오퍼레이터가 교대된 모양이었다. 그뒤로는 내내 날씨가 안 좋아 관측을 하지 못한 상태였으니 아무도 발견하지 못했다. 관측할 때 광량이 왜 그렇게 낮은지 물어봤지만, 필터가 끼워져 있다는 사실을 인계받지 못한 내 오퍼레이터는 특별한 이상이 없다고 했다. 슬프게도 내가 그 천문대에서 그렇게 맑은 날 타이탄을 관측한 건 처음이었다. 나도 경험이 없고 오퍼레이터도 문제없다고 하니 그저 갸웃거리며 관측을 계속했다. 몇 년 만에 처음으로 허락된, 맑은 하늘에 뜬 타이탄의 밤은 그렇게 허무하게 지나갔다.

그래도 어떻게 졸업은 했다. 미국과 유럽이 타이탄 코앞까지 보낸 우주탐사선의 관측자료는 아주 깨끗했으니까.

요즘은 우주탐사선 자료를 쓰고, 직접 관측하더라도 CCTV를 보며 원격으로 망원경에 명령을 보내기 때문에 그렇게 온몸으로 관측하는 일이 드물다. 심지어 망원경을 미국에 설치해놓았더니 시차 덕을 본다. 대낮에 내 연구실에 앉아 미국의 밤에 뜬 달을 관측하니까 밤을 지새울 필요도 없다. 그래도 하늘이 유난히 맑은 날이면, 노을도 차분히 지고 공기가 신선한 날이면 나는 "관측하기 딱 좋은 날이네" 하고 중얼거린다. 그러고는 관측자의 일과를 상상한다.

오후 느지막이 올라가서 하늘 플랫을 찍어놓고, 어두워지길 기다리는 동안 멍하니 노을을 보다가 어둠이 찾아오면 기계처럼 오직 관측에만 집중하는 시간. 망원경 시야에 타깃이 들어오도록 맞추고, 초점 조절하고, 노출 주고, 로그 적고…… 그러다 보름달이 가까이 오면, 달빛이 너무 밝아서 내 타깃이 안 보인다며 불평도 하고 달이 너무 예뻐서 감탄도 하며, 의자에 푹 파묻혀 초코파이를 우적우적. 그러다 달이 지면 아침이 오기 전까지 다시 모니터 속으로 빠져든다. 허락된 짧은 밤이 다 지나면 아쉬운 마음으로 박명을 맞으며 다시 플랫을 찍는다. 벌게진 눈으로 돔을 닫고 망원경을 제자리에 파킹한다. 유독 밤새 빈틈없이 관측한 날은 파킹하는 그 순간이 가슴 끝까지 뿌듯하다. 너무 졸려서 미각이 거의 마비된 상태로 밥을 국에 말아 후루룩 한 그릇 비우고는, 관측자 숙소의 암막 커튼이 주는 그 따뜻한 어둠 속에서 죽음처럼 잠들고 싶은, 관측하기 딱 좋은 날.

인터뷰를 하시겠습니까

어느 날 『네이처』로부터 인터뷰를 하자는 메일을 받았다. 세계적으로 권위 있는 과학 학술지 그 『네이처』였다. 보통의 학술지에는 소정의 심사를 통과한 논문들로만 채워지지만, 『네이처』는 학술지와 잡지를 섞은 듯한 구성으로 되어 있다. 앞부분은 과학 잡지답게 취재 기사와 서평, 에세이 등이 실리고 후반부에는 최근에 심사를 통과한 학술 논문들이 실리는 식인데, 여기에 논문이 실리는 것은 굉장한 일이다. 과장을 조금 보태자면 연구실 창에 현수막을 걸어도 될 정도다. 무엇보다도 자신의 연구가 세계적으로 인정받았다는 기쁨, 인류 지식의 진보에 털끝만큼이나마 기여했다는 뿌듯함으로 인해, 현수막은 내걸지 않더라도 과학자로서 실로 짜릿한 일이다. 아마도. 나는 그런 경험이 없으니 상상만 해볼 따름이다.

그런데 『네이처』에서 내게 인터뷰 요청을 보냈다고? 나는 요즘 스팸메일의 새로운 피싱 기법에 감탄했다. 평소에도 도무지 알 수 없는 요상한 학회나 학술지, 출판사를 위장한 광고 메일이 더러 들어온다. 나는 내가 잘 알고 있는 학회에만 참석하기도 바쁘고 잘 아는 학술지에만 논문을 투고하거나 심사에 참여하며, 교과서 따위는 아직 쓸 깜냥이 안 된다는 것을 알고 있기에 그런 광고 메일은 쏙쏙 잘 피한다. 하지만 이번엔 『네이처』가 아닌가. 나의 달 연구에 관해 인터뷰하겠다지 않는가. 심지어 보낸 이의 이름을 인터넷에 검색해보니 미국에서 활발히 활동해온 과학 저술가였다. 메일을 열어보는 것이 바보짓일까 아니면 읽지도 않고 스팸함으로 보내는 것이 바보짓일까를 저울질하던 나는 한손으로는 여차하면 인터넷 선을 뽑을 준비를 하고 침을 꼴까닥 삼키며 기자의 메일을 클릭했다.

내게 메일을 보낸 기자는 아폴로 11호 달 착륙 50주년을 맞아 다가올 반세기 동안 달 과학에 기여할 여러 나라의 젊은 달 과학자들과 그들의 연구를 조명하는 기사를 쓰고 싶다고 했다. 그리고 그중 한 명으로 나를 추천받았다고 했다.

그는 인터넷으로 전화 인터뷰를 하자며 한미 양국의 시차를 고려해 통화할 만한 시간대 선택지를 몇 개 적어보냈다. 시차 때문에 새벽에 온 그 이메일을 나는 아침에 열어보고, 점심에도 열어보고, 오후에도 몇 번이나 다시 열어보았다. 그러고는 마치 메일을 읽는 동안 나의 심장 박동수는 평소와 조금도 다르지 않았다는 듯이, 통화 가능한 시간과 스카이프 아이디를 적어 짤막한 답신을 보냈다.

◦◦◦

'타이탄'으로 박사학위를 받자마자 연구 주제를 '달'로 바꾼 것은 큰 모험이었다. 대상만 다른 게 아니라 방법이 다르기 때문이다. 나는 대학원에서 내내 타이탄 대기의 스펙트럼을 관측하고 분석하고 모델링했다. 그런데 달에는 대기가 없지 않은가. 대기 전공자가 대기가 없는 천체를 연구한다니, 대학원 신입생의 심정으로 돌아가야 한다는 뜻이다. 게다가 당시에는 그런 나를 데리고 기초부터 가르쳐줄 수 있는 사람도 없었다. 나를 달 과학으로 인도한 교수님도 오랫동안 성단이나 은하의 시뮬레이션 연구를 해오다 연구 분야를 막 확장한 참이었다. 멀고먼 성단과 외부 은하에 비하면 토성의 위성인 타이탄 정도는 거의 뭐 달이나 비슷하지 않느냐 눙쳐도 할말이 없긴 했다. 다행히 내가 남들보다 유리한 점이 있다면, 미국이나 유럽의 우주탐사선이 관측해온 자료를 많이 다뤄봤다는 점이었다. 탐사선 관측자료가 초보자에게는 좀 복잡하고 때로는 다소 황당해 보이는 요상한(?) 형식으로 되어 있는데, 나는 일단 파일을 열어볼 줄은 안다는 게 달 연구에 임하는 나의 경쟁력이었다. 딱히 경쟁할 상대도 없긴 했지만.

막상 달을 연구하려고 하니 파일만 열어볼 줄 알았지 아는 게 하나도 없었다. 이미 반세기 전에 달에 탐사선을 보냈던 미국의 과학자들에게 달은 밤하늘에 떠 있는 천체가 아닌 '지질학적 대상'인 지 오래다. 어디에 동굴이 있는지, 과거 용암이 흘렀던 구불구불한 계곡 모양의 흔적이 어떻게 생겼는지, 크레이터(행성 표면의 움푹 파인 지형) 내벽의 경사가 급한 곳에서 흙이 무너져 내린 흔적이 어떠한지 등을 아주 자세히 들여다보는 것이다. 나는 그런 연구 내용을 단번에 흡수할 수 있는 배경지식이 없었다. 숲을 보지 못한 채 밀림 속에 뚝 떨어져 눈앞의 넝쿨만 보고 있는 셈이었다. 그래서 우선 달 표면의 전반적인 성질을 조사하기 시작했다.

당시의 최신 연구에 의하면 달의 적도 지역은 표면의 흙이 바스라지고 색도 바랜 상태다. 토양이 노화되었다고 표현한다. 고위도 지역으로 갈수록 표면 토양의 노화도가 줄어든다. 아마도 적도 지역은 해가 많이 들어서, 고위도 지역은 해가 덜 들어서 그러리라고 추측은 할 수 있지만, 확실한 증거는 없었다. 그도 그럴 것이, 토양의 밝기, 색, 알갱이의 크기 등은 원래 그 흙이 어떤 성분이냐에 따라서도 다르기 때문이다. 사막에 있는 모래와 기름진 밭의 흙의 본질이 서로 다른 것처럼 말이다. 토양의 변화가 오직 위도 때문이라고 말하려면 성분이 비슷한 지역끼리만 비교해야 한다. 그러다보니 기존의 연구는 달의 일부 지역들만을 분석한 것이었다.

함께 연구하는 교수님께서 반짝이는 아이디어를 냈다. 달의 크레이터만 골라서 보자는 것이었다. 달에 별똥별이 떨어질 때 크레이터가 하나씩 생겨난다. 다시 말하자면, 어떤 하나의 크레이터 안에 있는 흙은 생성 연대와 기원이 같다. 그런데 크레이터 안쪽의 경사면은 해가 드는 방향에 따라서 조금씩 성질이 다르다. 어르신들이 한동네라도 기왕이면 남향집에 더 좋은 점수를 주듯이, 크레이터 안쪽의 경사면도 해를 더 받고 덜 받는 범위가 정해져 있다. 교수님은 해가 드는 각도에 따라 토양의 노화도가 어떻게 달라지는지 통계적으로 분석해보자고 했다. 크레이터라면 달의 적도부터 극지방까지 어디에나 지천으로 널려 있다. 이전의 연구처럼 일부 지역만 볼 수 있는 게 아니라 달 전체를 다 톺아볼 수 있을 것 같았다. 나는 당장 컴퓨터를 열고 관측자료에서 크레이터 지역만 뽑은 뒤 크레이터 안의 경사면을 동서남북으로 나누는 코드를 짜기 시작했다.

남벽과 북벽, 절벽에 해가 잘 들고 덜 들고 하는 장면을 자주 상상하다보니 에베레스트 조난 사고를 다룬 존 크라카우어의 책 『희박한 공기 속으로』가 떠올랐다. 똑같이 가파른 산이라도 해가 잘 들어서 오르기가 비교적 수월한 곳이 있고, 해가 잘 들지 않아 일 년 내내 눈이 쌓여 있는 절벽이 있다고 했다. 얼음과 눈으로 뒤덮인 절벽에 매달려 있는데 바람까지 세차게 몰아치는 장면이 자꾸만 떠올랐다. 팟캐스트에서 그 책을 읽어주던 김영하 작가의 목소리와 말투를 머릿속에 잔뜩 담은 채, 적당한 크레이터 1800여 개를 골라 남벽과 북벽의 특성 차이를 모조리 계산했다.

얼마 뒤, 나는 교수님과 함께 연구실의 회의용 탁자 앞에 마주보고 앉아 내가 계산 결과로 그려온 그래프를 검토했다. 남벽과 북벽의 상태가 적도에서는 거의 비슷하고, 고위도로 갈수록 해가 많이 드는 쪽 토양이 더 빨리 노화되는 것으로 보였다. 예상 적중이었다. 우리는 계산할 때 관측자료가 부실한 부분을 잘 제외했는지, 크레이터들이 겹쳐 있는 지역을 제대로 처리했는지, 통계 분석에 틀린 점은 없는지 묻고 또 묻고, 답하고 또 답했다. 모든 점검을 마친 뒤, 나는 종이를 뒤로 한 장 넘겼다. 내가 그려온 그림은 하나 더 있었다. 동그란 크레이터를 사등분해 남·북벽을 살펴본 뒤 동·서벽이 남았길래 덤으로 분석을 해보았다. 달이 동서 방향으로 돌기 때문에 동벽이든 서벽이든 해가 드는 총량은 다를 리 없다. 그저 내 계산 코드를 점검하는 차원에서 동벽과 서벽의 차이를 그려보았는데, 평평한 가로선일 거라는 예상과는 달리 그래프가 만화에서 라디오나 무전기를 표현할 때 그리는 전파 신호처럼 휘어 있었다. 그 이유는 아직 알 수 없었지만 남·북벽보다 더 재밌는 그래프인 건 분명해 보였다. 뭐 대단한 것도 아니고 그저 아직 누구도 관심을 주지 않았기 때문일 뿐이지만, 아무튼 그때까지 지구상에서 그 그래프를 본 건 이 탁자에 앉아 있는 '오직 두 사람'뿐이라는 것도 분명했다. 교수님은 종이를 물끄러미 바라보다 내게 말했다. "심 박사, 사고 쳤네?"

동·서벽 그래프는 지구 자기장 때문이었다. 달은 지구를 한 달에 한 바퀴 도는데, 그중 5일 정도는 지구 자기장 영역을 통과한다. 이때 태양에서 달을 향해 날아가는 입자가 지구 자기장에 가로막혀서 달의 특정 경도 지역에 도달하지 못하는 일이 수억 년 반복되면서 땅에 흔적을 남긴 것이었다. 달 표면의 흙을 노화시키는 원인에는 태양풍 입자 말고도 몇 가지가 더 있는데, 어떤 입자의 영향력이 얼마나 더 강한지 하는 것이 당시에는 잘 알려져 있지 않았다. 그런데 이번 동·서벽 분석 결과는 태양풍 입자와 지구 자기장의 상호작용만 고려한 모델로도 설명할 수 있었다. 태양풍 외의 다른 입자들의 영향력은 미미하다는 것이 심증만 있는 상태였는데, 처음으로 물증을 제시하게 된 것이다.

◦◦◦

국제 학회에서 이 내용을 처음 발표하던 날, 청중은 내게 질문을 많이 던졌다. 어떤 질문에는 청중 속 다른 사람이 나 대신 답변하기도 했다. 그러고 있자니 내가 사회를 보고 있는 토론회처럼 보이기도 했다. 내 발표에 배정된 시간이 다 되어 인사를 하고 자리로 돌아왔는데, 의자에 앉자마자 다시 일어서야 했다. 우연찮게도 다음 순서 발표자가 신청만 해놓고 학회에 참석하지 않은 모양이었다. 사람들은 나를 다시 연단으로 불러냈고, 다음 발표자에게 배정되었던 시간이 오롯이 내 발표에 대해 토의하는 데 쓰였다. 의도치 않았던 두번째 발표 시간까지 끝난 뒤에야 자리로 돌아올 수 있었다. 앞자리에는 내가 석사과정 대학원생일 때부터 함께 연구하고 서로를 자주 방문했던, 내 졸업식에까지 참석해주셨던 할아버지 천문학자가 앉아 계셨다. 전공 바꾸고 잘하고 있는지 보러 오신 모양이었는데, 뒤를 돌아 나를 보고 씩 웃어주셨다.

완벽한 해피엔딩은 아니었다. 내게 관측자료를 보내주고 결과를 분석할 때 도움을 주었던 미국의 달 전문가 두 사람이 연구 결과를 『네이처』나 『사이언스』에 내자고 했다. 그런 학술지에는 수많은 논문이 투고되기 때문에 접수하자마자 편집자 선에서 거절당하는 경우가 다반사인데, 다행히 편집자 심사를 통과해 심사위원을 배정받는 데까지는 성공했다. 세 명의 심사위원 중 두 명은 논문을 실어도 좋다는 의견을 냈지만 나머지 한 사람을 끝까지 설득하지 못했고, 편집자는 만장일치가 원칙이라며 좋은 말로 거절했다. 논문은 조금 더 평범한 다른 학술지에 제출할 수밖에 없었다.

『네이처』나 『사이언스』에 논문이 실렸다면 여기저기서 강연을 해달라는 요청이 들어왔을 터였다. 어쩌면 신문에 기사가 날 수도 있었다. 그리고 어쩌면, 계약직 신분인 내가 매년 새 계약서에 도장을 찍는 대신 정규직 자리를 얻는 데 도움이 될 수도 있었다. 어느 기관이나 『네이처』 『사이언스』에 논문 쓰는 연구자를 데려가고 싶어할 테니 말이다. 하지만 그런 일은 일어나지 않았고, 나만 빼고 모두 탄탄한 정규직이었던 공저자들은 무척 안타까워해주었다. 그래도 내 분야에서는 꽤 괜찮은 학술지에 발표할 수 있었고, 얼마 뒤 미국 지구물리학회에서 발간하는 잡지에 그 논문이 기사화 되기도 했다. 나는 그것만으로도 뿌듯했고, 다음 논문, 그다음 논문을 향해 갔다.

『네이처』에서 인터뷰 요청이 온 것은 그로부터 2~3년이 지난 후였다. 유인 달 탐사 50주년인데다 새로운 성격의 탐사가 시작되는 시기였기에 달 탐사 관련국의 연구를 둘러보려는 기획인 것 같았다. 인터뷰를 할 때는 몰랐는데, 나중에 기사화된 것을 보니 미국, 캐나다, 중국, 인도, 그리고 우리나라까지 다섯 개 국가 연구자를 하나씩 조명했다. 모두 우주 탐사 역사에 굵직한 획을 긋고 있는 나라들이다. 우리나라만 빼고. 우리나라가 인공위성 쪽에서 좀 괜찮긴 하지만 우주 탐사 경험은 아직 없다. 달에 궤도선을 보내겠다 천명하고 열심히 준비중이긴 하지만 아직 발사도 하기 전인데 우주 탐사 선발주자들과 함께 한국을 꼽았다는 점이 놀라웠다. 몇 안 되는 달 과학자들과 궤도선을 준비하고 있는 수많은 훌륭한 엔지니어들이 대단히 열심히, 그리고 잘 준비하고 있다는 방증인 것만 같아서 함께 달 탐사를 준비하고 있는 사람들이 아주 자랑스러웠다.

그건 그렇고 한국 연구자 중에 왜 나였는가 하면, 물론 추천을 받았다고는 하지만, 내가 생각해도 나를 고를 수밖에 없었을 것 같다. 나라별로 '젊은 과학자'를 하나씩 선정했는데, '젊은'이라는 말은 '비정규 계약직'이라는 말과 어느 정도 상통한다. 나이, 학번에 상관없이 비정규직 연구자들은 일명 '학문후속세대'에 속하는 '젊은' 과학자로 분류된다. 그리고 우리나라의 '젊은' 달 과학 연구자 중에 내가 제일 '올드'다. 내 위로는 이미 정규직으로 일한 지 오래인, 경험과 연륜이 풍부한 연구자들이고, 나머지 동료들은 나보다 박사학위를 받은 연도가 늦거나 아직 대학원생이니까.

미국에 있는 기자와의 시차를 고려해 아침 일찍 일어나 한 시간 정도 인터뷰를 했다. 며칠 뒤 연구실 회식에서 이런 신기한 경험을 했다고 얘기하며 웃고 떠들었다. 지금이야 코로나19로 온라인 회의를 자주 하지만, 그때는 스카이프로 인터뷰를 했다는 사실이 꽤 재미있었다. 태양계 천체는 대중이 가깝게 여기기 때문에 천문학의 다른 분야에 비해 태양계 연구자들은 언론 종사자를 만나거나 보도자료를 만드는 경우가 조금 더 자주 있다는 얘기를 후배들에게 해주었다. 인터뷰에 관한 대화는 그게 전부였다. 한편으로는 『네이처』에 논문 저자로 이름을 올리지 못하고 인터뷰 대상으로 등장한다는 사실이 한 사람의 과학자로서 창피했기 때문에 연구실 밖으로 떠벌리고 싶지도 않았다.

촌극은 그렇게 끝이라고 생각했는데, 몇 주 뒤 인터뷰가 실린 호가 출판되자 국내 여러 언론과 매체에서 연락을 해왔다. 내가 『네이처』가 선정한 젊은 달 과학자 다섯 명에 들었다나. 그렇게 해석할 수 있다니 흥미로웠다. 『네이처』에서 무슨 엄정한 심사나 평가를 거친 것도 아니고 그저 기자가 여기저기 묻고 물어 몇몇 나라의 연구자들과 인터뷰를 했을 뿐인데, 그리고 기사를 읽어보았다면 엄청난 실력자를 골라내려는 목적의 인터뷰가 아니라는 것을 알 텐데, 대단한 침소봉대라고 생각했다. 게다가 하필이면 당시 나는 대학에서 학술연구교수로 일하고 있었다. 이 직급의 이름 풀이를 해보자면 호봉이 높은 박사후연구원이요, 연차나 경험은 조금 더 많지만 비정규 계약직 연구전담 인력이기는 매한가지라는 뜻인데 그걸 언론에서 약칭해 '교수'로 부르자 갑자기 설국열차의 꼬리 칸에서 앞칸으로 옮겨 탄 효과가 났다. 어이쿠야.

제1저자로 논문을 실었다면 조금 다른 얘기지만, 저명한 과학 잡지와 인터뷰를 했다는 이유로 갑자기 내가 국제적으로 큰 업적을 쌓은 과학자라도 된다는 듯이 국내 언론에서 조명한다는 건 조금 의아했다. 만약 언론에서 멋지게 포장해준 것처럼 내가 그렇게 대단한 인물이었다면, 국내 언론이나 한국 과학계가 그동안 나를 발견하지 못했다는 건 또 얼마나 우스운 일이겠는가. 다행스럽게도 나를 발견하지 못했던 게 낭패는 아니다. 그들은 옥석을 잘 가려온 것이다. 문제는 그다음이다. 내 논문과 문제의 인터뷰에 대해 비교적 단순명료한 기사들이 몇 차례 나간 뒤에는 다른 종류의 요청이 들어오기 시작했다. 내가 천문학을 선택하게 된 극적인 이야기와 '업적'을 이룬 경험을 공유해 다른 이들에게 꿈과 희망을 심어달라나. 나는 연구 과제가 끝나면 급여도 경력도 바로 단절이기 때문에, 과학에 대한 순수한 열정 외에도 먹고살기 위해 다음, 또 그다음 연구 과제를 수주할 생각에 머리가 복잡한데, 한 해에도 몇 번씩 정규직 채용공고에 원서를 내고 탈락하기를 반복하고 있는데, 그런 상황이 결코 누군가에게 희망적일 리 없다. 내가 이 직업을 포기하지 않은 채 정규직으로 취직하고, 내가 기여한 연구 프로젝트가 성공적으로 완수되고, 후배 천문학자들의 연구를 도와줄 수 있는 수준에 도달한 다음에라야 과거의 고군분투가 무지갯빛 희망으로 물드는 것 아니겠는가.

나를 더욱 곤란케 하는 것은, 내가 어떤 대단한 계기로 천문학을 선택한 것도, 어릴 때부터 오매불망 천문학자가 되기만을 그리다 마침내 꿈을 이룬 것도 아니라는 사실이다. 누구에게나 각자 인생의 흐름이 있는 것이고, 나는 삶을 따라 흘러 다니며 살다보니 지금 이러고 있다. 어느 분야로 가든 대학원은 다닐 생각이었기 때문에, 평행우주 속 나는 지금쯤 생물학자거나 영문학자거나 고고학자일 수도 있다. 아니면 '박사네 떡볶이' 가게 사장일 수도 있다. 그 모든 '나'들도 사람들에게 들려줄 그럴듯한 전공 선택 계기가 없어 난처한 표정을 짓고 있겠지.

언론은, 어쩌면 사람들은, 대단한 과학자를 집중 조명하고 싶어한다. 고난을 극복한 영웅담에 빨리 감탄하고 싶어한다. 하지만 과학자를 여럿 키워서 그중 한 사람이라도 대단해지는 과정을 지지하거나 지켜보는 것은 별로 인기가 없는 모양이다. 세계적 과학자가 어디서 뿅 하고 갑자기 나타날 리 없는데.

∘∘∘

기관마다 다르지만, 대학에서 박사후연구원이나 연구교수로 일한다면 급여는 대개 연구 과제에서 나온다. 학생들 등록금이나 학교 재단의 자금에서 나오는 것이 아니다. 그러니까 나의 고용 상태는 나를 기꺼이 고용하고자 하는 교수님, 혹은 내가 스스로 수주한 연구 과제의 규모와 기간으로부터 자유로울 수 없다. 특정 과제의 규정, 혹은 내부 사정 때문에 두세 개의 과제에서 십시일반식으로 월급을 충당하는 때도 많다. 정규직 교수는 연구 과제가 확보되어 있지 않으면 학회 참석이나 연구에 필요한 장비 구입이 어렵고 대학원생에게 연구비를 주지 못해 면이 안 서는 정도지만, 과제 기간이 곧 계약 기간인 비정규직은 과제가 끝나면 그대로 급여도 경력도 단절된다. 그래서 지금의 과제가 끝나기 전에 다음 먹고살 거리를 미리 찾아나서야 한다. 나를 고용해줄 의사도 있고 마침 연구비도 있는 교수님을 찾아 약속을 받거나, 스스로 연구 과제를 수주해둬야 한다. 물론 오로지 돈만 바라보고 과제를 따내려는 연구자는 없을 것이다. 돈이 부족하면 학회를 덜 가면 되고, 사양이 좋지 않은 컴퓨터를 조금 오래 쓰면 된다. 프리랜서는 사무실 운영비를 감당해야 하지만, 대학에서 일하는 연구자는 적어도 연구실 월세나 공과금은 내지 않으니 그게 어디인가. 다들 자기가 좋아하는 연구 하고 싶어서 이 세계에 발을 내디딘 사람들이다. 하지만 평생 놀고먹어도 될 만큼의 돈을 가진 사람이 아니고서야 월급도 계약 기간도 과제에 달린 박사후연구원들에게는 학문의 세계가 그렇게 신성하지도 낭만적이지도 않다.

그런저런 생각들로 머릿속이 어지러웠지만, 어쨌든 나는 나를 향한 부름에 상당히 많이 응했다. 아직 탐사선 발사도 하지 않았는데 세계의 관심을 받을 정도로 한국의 달 탐사 관계자들이 열심히, 잘, 하고 있다는 것이 자랑스러워서였다. 한국형 달 탐사에 사람들이 더욱 관심 갖고 지지해주기를 바라기 때문이었다. 유학을 가지 않은 국내파도, 맞벌이 하며 아이를 키우는 엄마도, 다 괜찮다는 걸 알리고 싶어서였다. 그리고 좀더 많은 사람이 천문학을 선택하고 행성과학자의 길로 와주기를, 그래서 가까운 미래에 든든한 동료가 되어주기를, 간절히 바라기 때문이었다. 그럴 기회가 누구에게나 오는 것은 아니라는 것도 자명했다. 어쩌면 내게도 이게 처음이자 마지막 기회일지 모른다. 그렇다면 열심히 응하는 게 도리가 아니겠는가. 한국형 달 탐사가 처음 시작된 바로 그때처럼.

창백한 푸른 점

우리집 아이들은 잠자리에서 이야기를 듣는다. 책 읽어주는 팟캐스트를 듣기도 하고, 인공지능 스피커에게 동화를 틀어 달라기도 한다. 우리집 인공지능이 자주 골라주는 것 중에 우주에서 전학 온 외계인 이야기가 있다. 외계인이지만 인간과 구분할 수 없는 모습을 하고 있으며, 초등학교 1학년의 나이에도 그 아이에게는 외국어나 다름없는 한국어를 완벽하게 구사해서 출생의 비밀을 밝히지 않고 평범한 학생처럼 학교에 다닌다는 설정이다. 아이의 부모님은 외계의 과학자다. 오래전 우리가 보냈던 지구 소개자료를 받아 보고 지구를 찾아올 수 있었다고 한다. 그렇다. 그들은 보이저호를 발견한 것이다.

두 대의 탐사선 보이저 1, 2호는 1977년 지구를 떠나 멀리 있는 행성들을 향해 떠났다. 목성, 토성, 천왕성, 해왕성에 모두 들를 수 있는 절호의 기회가 손짓하고 있었다. 우선 목성까지만 가면 되었다. 그다음에는 타잔이 커다란 넝쿨줄기를 바꿔 잡으며 이 나무 저 나무 사이를 날아다니듯 보이저도 행성들의 '중력 그네'를 타고 다음, 또 그다음 행성으로 건너갈 수 있었다. 목성의 중력을 받아 휙 돌아서면 토성으로 향하게 되고, 토성의 중력을 밧줄 삼아 좌회전을 하면 천왕성으로 가는 길이 나왔다. 마지막으로 천왕성의 중력 그네를 타고 해왕성까지 여행을 이어갈 수 있었다. 지구에서부터 준비해가야 하는 연료와 에너지원, 그리고 여행 시간을 어마어마하게 절약할 수 있는 궤도, 176년에 한 번씩만 가능하다는 그 최적의 경로를 따라 보이저는 질주했다.

보이저를 통해 인류는 목성의 '고속 연사' 사진을 동영상 보듯 감상했다. 스냅숏에서 보았던 목성의 줄무늬는 서로 다른 방향으로 세차게 흘러가는 구름이었고, 커다란 눈동자 무늬의 대적반은 양방향의 기류가 스쳐지나는 경계에서 격렬하게 소용돌이치고 있는 폭풍이었다. 위성 이오의 화산은 부글부글 끓어올라 우주 공간에 유황을 뿜어대고 있었다. 토성의 고리가 몇 겹인지 알게 되었고, 고리를 이루는 물질이 흩어지지 않게 질서를 유지하는 '양치기' 위성들을 발견했다.

목성과 토성의 위성 여럿을 발견한 뒤 보이저 2호는 천왕성으로, 그리고 해왕성으로 향했다. 교과서에 나오는 천왕성, 해왕성의 근접 사진은 모두 1980년대에 보이저 2호가 찍어서, 카세트테이프보다 더 구식의 테이프에 저장했다가 지구로 전송해온 것이다. 2006년에 명왕성을 탐사하러 간 뉴호라이즌스 탐사선은 목적지까지 가는 동안 가까이에서 본 다른 행성이라고는 목성뿐이다. 뉴호라이즌스호가 9년 반의 여정 끝에 목적지인 명왕성에 도착했을 때는 이미 명왕성이 행성이 아니라 '왜소행성'으로 분류된 뒤였다.

이름과는 달리 발사가 지연되어 2호보다 한발 늦게 지구를 떠난 보이저 1호는 토성 근처에서 조금 다른 쪽으로 방향을 틀었다. 천왕성, 해왕성의 방문을 포기하는 대신 일부러 토성의 위성 타이탄으로 향했다. 그곳에서 오래 머물 수는 없었지만, 타이탄이 무척 두터운 대기로 둘러싸여 있다는 것, 그리고 생명체를 구성하는 데 쓰일 수도 있는 유기물질이 아주 많다는 것을 발견했다. 그 관측자료를 지구로 전송하는 임무까지 모두 마친 뒤 1호도 2호처럼 태양계 바깥쪽으로, 갈수록 점점 더 춥고 어두워지는 우주를 향해 더는 기약도 없는 고독한 여행길에 올랐다.

동화 속에서 보이저는 그 고독한 여정 끝에 외계인을 만난다. 다행히 '지적 생명체'였던 이 인텔리전트 외계인은 칼 세이건이 예견한 대로 탐사선 옆구리에 붙어 있는 지구인의 베스트 앨범 〈골든 레코드〉를 발견했다. 레코드에 담겨 있던 태양계 속 지구의 위치, 지구 속 인류와 여러 나라의 소개, 우리의 음악과 언어와 사진을 성공적으로 해독해냈다. 그러고는 보이저의 고향, 지구를 찾아온 것이다. 〈골든 레코드〉에 한국말이라고는 "안녕하세요?" 한마디뿐이었는데 유창한 한국어 실력을 선보이다니, 우주 인텔리는 정말 근사하다.

보이저 1호의 마지막 관측대상이 타이탄이었던 것은 아니다. 목표했던 모든 천체를 다 방문한 뒤 정처 없는 길을 떠나면서, 보이저는 고개를 돌려 지구를 바라보았다. 그건 위험한 일이었다. 태양으로부터 아주 멀리 떨어져 있는 보이저가 보기에는 지구 바로 근처에 태양이 있었다. 지구 사진을 찍으려다 자칫 잘못해서 카메라의 시야에 태양이 들어온다면 카메라를 못 쓰게 될 수도 있다. 게다가 지구와 교신하는 안테나는 탐사선의 뒤쪽에 붙어 있어서, 뒤를 돌아보는 동안은 안테나가 지구 정반대 쪽을 향하므로 신호를 주고받을 수가 없다. 지구 사진을 찍은 뒤 다시 원래의 자세로 돌아오지 못한다면 보이저를 영영 잃게 되는 것이다. 캐럴린 포코와 칼 세이건이 이 기막힌 아이디어를 처음 제안했을 때, 미항공우주국의 결정권자들과 보이저 담당 엔지니어들은 고개를 절레절레 흔들었다. 모두를 설득하기까지 7~8년이 흘렀고, 그러는 동안 보이저와 지구 사이의 거리는 점점 벌어졌다. 마침내 보이저의 모든 과학 탐사가 끝난 후에야 고향을 잠시 돌아보는 위험한 응시가 허락되었다. 너무 멀어지기 직전에 건진 사진 속 단 하나의 픽셀에, 지구라는 '창백한 푸른 점'이 찍혔다.

∘∘∘

내가 대학원생일 때, 부모님은 학기가 끝날 때마다 이제 방학이냐고 묻곤 하셨다. 일 년에 두 번씩 꼬박꼬박. 이공계 대학원생에게 방학이란 존재하지 않는 전설 속 이름일 뿐이며, 교수님이 강의에 시간을 뺏기지 않으니 오히려 더 바빠진다고 아무리 설명을 해도 다음 방학 무렵이면 똑같은 질문이 반복되었다. 이해는 할 수 있었다. 부모님 주변에 이공계 대학원생은 나 하나뿐이었으니까. 내가 모든 학점을 다 채우고 더 들어야 할 수업이 없는 수료생이 된 다음에도 개강과 종강, 방학과 개학 여부를 묻는 질문이 이어졌고, 나의 대답은 점차 불성실해졌다.

내가 시간강사 일을 하게 되자 이번에는 판서할 때 한자를 많이 쓰라는 권유가 등장했다. 그러면 조금 더 학식이 높아 보이는 효과도 있거니와, 용어의 의미가 더 정확하게 전달된다는 이유였다. 한자가 유용하게 쓰이는 강의도 많을 것이다. 다만, 완전히 서양식의 천문학을 배웠고 또 가르쳐야 하는 내게는 적용되지 않았다. 판서는 하지 않고 빔프로젝터를 애용하며, 한자 대신 사진과 그래프와 동영상이 잔뜩 필요한 강의였다. 방학 질문에 이미 지쳐 있던 나는 더이상의 할말도, 나의 상황을 다시 설명할 의욕도 잃고 말았다.

프로게이머 페이커의 할머니께서 손주의 경기 생중계를 즐겨 보시며 게임 용어를 줄줄 꿰고 계신다는 인터뷰를 보고 흠칫 놀랐다. 모두가 그런 판타스틱 할머니를 가질 수 있을 리 만무하다. 어릴 땐 숙제하다 잘 모르면 부모님께 물어볼 수 있었지만, 이제는 요즘의 고민거리가 무엇인지 설명하기조차 어렵다. 부모님은 각자 나름의 인생에서 대가이시지만, 내가 가는 길은 그 방향이 아니다. 지구를 떠난 탐사선처럼, 내가 나의 삶을 향해 가열차게 나아갈수록 부모님과 공유할 수 있는 것은 줄어든다. 그렇게 점차 멀어져만 가는 것이다.

어느 날, 아이가 유치원에서 노래를 배워왔다.

나는 이다음에 커서 어른 되면 우주비행사가 될 거예요
우주비행선을 타고 높이 높이 우주로 날아가요

나는 눈을 크게 떴다. 뭐라고? 안 돼! 노래는 계속 이어졌다.

천왕성을 지나 해왕성을 건너 우리은하계를 여행할 때
다른 별에서 온 외계인을 만나 인사 나눌지도 몰라

이 대목에 이르자 나는 거의 눈물을 글썽이는 처지가 되었다.

"그렇게 멀리까지 갈 거야? 그러면 엄마는 속상할 것 같은데."

"그냥 노래야, 노래."

"엄마랑 같이 그냥 지구에서 살자."

"응!"

하지만 언젠가 아이도 내 품을 떠날 것이다. "엄마가 뭘 알아?" 하고 큰소리치면서 제 방문을 쾅 닫아버리겠지. 독립한다고 손바닥만한 집을 얻어 나간 뒤 숙제는커녕 어떤 조언도 구하지 않는 날이 올 것이다. 더 큰 집을 마련하게 되면 내 집에 남아 있던 제 짐을 마지막 하나까지 가져다 자기 보금자리에 옮겨두고는, 나더러 끼니를 제대로 챙겨 먹으라는 둥 아프면 병원에 좀 가라는 둥 타박을 할 것이다. 그 애가 마지막으로 잠시 나를 돌아본 뒤 자신만의 우주를 향해 날아갈 때, 나는 그 뒷모습을 묵묵히 지켜보아주리라.

보이저는 창백한 푸른 점을 잠시 응시한 뒤, 다시 원래대로 기수를 돌렸다. 더 멀리, 통신도 닿지 않고 누구의 지령도 받지 않는 곳으로. 보이저는 수명이 다하는 날까지 전진할 것이다. 지구에서부터 가지고 간 연료는 바닥났다. 태양의 중력은 점차 가벼워지고, 그 빛조차도 너무 희미하다. 그래도 멈추지 않는다. 춥고 어둡고 광활한 우주로 묵묵히 나아간다. 그렇게 우리는 각자의 우주를 만들어간다. 그렇게, 어른이 된다.

○

해 지는 걸 보러 가요

예전에는 인터넷 사이트에 가입할 때 비밀번호 분실 대비용 질문을 고르고 그에 대한 답을 적어야 하는 경우가 많았다. 반려동물의 이름이나 좋아하는 영화 제목 따위의, 본인이라면 쉽게 연상할 수 있는 치트키를 설정해두라는 귀여운 요구였다. 골라둔 질문과 답을 모두 맞히면 비밀번호를 새로 정할 수 있게 해줬다. 나는 질문 중에 "가장 인상 깊게 읽은 책은?"을 고르고 법정 스님의 수필 『무소유』를 적어넣곤 했다. 문고본의 해진 책등에 테이프를 덧발라가며 그야말로 닳도록 읽은 책이다.

법정께서는 『어린 왕자』를 무척 좋아해 주위 사람들에게

서른 권도 넘게 선물하셨다고 한다. 한때 나는 스님 흉내를 내느라 『무소유』를 여러 권 사다가 가까운 친구들에게 선물했다. 그러나 그 숭고한 '연쇄 선물마'를 따라 하기에는 나의 인간관계가 턱없이 빈약했다. 책이라는 것은 선물하기가 은근히 까다로운 물건이다. 책을 좋아하는 사람은 각자의 독서 취향이 있고, 독서에 취미가 없는 사람은 책 좀 읽으라는 뜻이냐며 발끈하기 때문이다. 마지막 한 권은 선물할 데를 찾지 못해 내가 읽던 책 옆에 나란히 꽂아두었다가, '무소유'를 이중으로 소유하는 게 영 머쓱해서 한 권만 남겨두었다.

ㅇㅇㅇ

어린 왕자는 해 지는 광경이 좋다고 했다. 나도 좋아한다. 특히 여름철 지루한 장마 끝의 노을을 사랑한다. 마치 솜사탕을 여기저기 헤쳐놓은 듯 색깔도 높이도 서로 다른 구름층이 여러 갈래로 휘몰아치다 갑자기 멈춘 듯한 하늘. 그 역동적인 하늘에 내려앉는 노을은 어찌나 붉고 또 어찌나 강렬한 황금색인지. 그렇게 황홀한 황혼은 태양계 어디에서도 보기 어렵다. 지구에서 태어난 나를 칭찬한다.

누구나 다 알다시피 미국이 정오일 때 프랑스에서는 해가 지지. 단숨에 프랑스로 달려갈 수만 있다면 해 지는 것을 볼 수 있을 거야. 그런데 불행히도 프랑스는 너무 멀리 떨어져 있어. 그러나 너의 조그만 별에서는 의자를 몇 발짝 뒤로 물려놓기만 하면 되었지. 그렇게만 하면 맘 내킬 때마다 해 지는 광경을 볼 수가 있었던 거야.*

『어린 왕자』를 읽을 때면, 안타깝게도 나는 이 대목에서 집중력을 잃고 만다. 나도 법정 스님만큼이나 『어린 왕자』를 사랑하지만, 책 읽기를 멈추고 잠시 고개를 들어 다른 데를 봐야 한다. 문학의 범주에서 직업병의 영역으로 하릴없이 흘러가버리는 정신을 부여잡기 위해서다. 그게 잘되는 날은 숨을 크게 몇 번 쉰 다음 책을 마저 읽고, 안 되는 날은 책을 덮고 머릿속으로 그림을 그린다. 태양과 소행성과 어린 왕자의 개략도概略圖다. 천체와 관측자의 크기 및 거리는 실제 비례와 다름에 유의.

의자에 앉아 노을을 감상하고 있는 어린 왕자의 얼굴은 해가 지는 방향을 향해 있다. 소행성은 어린 왕자의 뒤통수 방향으로 자전하고 있다. 소행성의 자전에 따라 어린 왕자

* 생텍쥐페리, 김화영 옮김, 『어린 왕자』, 문학동네, 2007, 35쪽.

가 앉아 있는 의자는 해로부터 멀어지는 중이고, 어린 왕자가 보기에 해가 지평선 아래로 서서히 내려간다. 만약 여기서 의자를 뒤로 물리면, 해로부터 더욱 멀어지게 되고 어두운 밤이 빠르게 다가온다. 그러니까 일몰을 한 번 더 보려면 의자를 앞으로 당기며 해를 향해 다가가야 한다. 해가 지평선 위로 조금 올라올 때까지. 그런 다음 다시 의자에 앉아 해가 지는 광경을 감상하면 된다. 사실 그의 소행성은 아주 작아서, 반대쪽으로 움직여도 밤, 일출, 낮을 빠르게 거친 뒤 금세 다시 일몰을 볼 수는 있을 것이다. 분위기는 좀 다르겠지만. 내가 어린 왕자라면 의자에 앉아 있지는 않을 것이다. 나의 소행성이 자전하는 속도에 발을 맞추어, 지평선 위에 살짝 걸려 있는 해를 향해 하염없이 걸어갈 것이다. 시간이 흐르고 또 흐른 뒤에도 사라지지 않는 노을 속으로. 더이상 슬프지 않을 때까지.

어떤 번역본에서는 어린 왕자가 의자를 뒤로 물리지 않고 '당겨' 앉는다. '옆으로 옮겨' 앉는 어린 왕자도 있고, 어느 방향인지는 모르겠으나 그저 의자를 '움직이는' 어린 왕자도 있다. 영어판에서도, 일어판에서도, 어린 왕자가 의자를 움직이는 것은 몇 가지 다른 모습으로 나타난다. 사실 『어린 왕자』의 번역에 대해서는 이미 여러 쟁점이 알려져 있다. 우리 번역본의 경우, 70년대 비주류 외국어 텍스트의 번역 환경, 중역 과정에서 의미가 미묘하게 달라지는 단어와 문장 구조, 이미 널리 퍼져 있는 초기 번역본에 대한 존중 등 여러 가지 이야기를 늘어놓을 수 있겠으나, 결론만 말하자면 프랑스어판의 어린 왕자는 '의자를 당겨' 해 지는 것을 볼 뿐, 어느 쪽으로인지 언급하지 않는다. '모든 것을 다스리는 왕'이 의자를 움직이는 대신 해가 스스로 저물도록 명령할 수 있는지 궁금해할 때도, 가로등 켜는 사람에게 '쉬고 싶을 땐 계속 걸어가면 된다'고 일러줄 때도 어린 왕자는 방향을 말하지 않는다. 다만, 생텍쥐페리가 지구를 누비며 대륙 간 항로를 개척하던 조종사였음을 상기할 때, 나는 그가 제대로 된 방향을 알았을 것으로 짐작할 뿐이다.

태양을 향해 걷거나 등지고 걷는 것은 적도에서의 얘기고, 고위도 지역에서라면 약간 옆을 바라봐야 하는데 '약간 옆'이란 방위각 몇 도일까, 소행성이 구형이 아니라 아령이나 팽이 모양이라면, 텀블링하는 소행성이라서 자전축이 자꾸 바뀐다면 언제 어디서 일몰을 볼 수 있을까 따위를 따지고 있노라면, "창가에 제라늄 화분이 놓여 있고 지붕에는 비둘기들이 놀고 있는 멋진 붉은 벽돌집"의 가격을 몰라 감탄해야 할지 말아야 할지 머뭇거리는 어른이 된 기분이 들기도 한다. 어린 왕자여, 그 집의 가격이 십만 프랑이라던데 유로로 바꾸면 얼마인지 궁금해하는 나를 용서해다오. 금

시세 대비 환율만 알려주면, 그거 하나만 계산해보고 책장에서 『무소유』를 다시 꺼내 읽겠다고 약속한다.

걷거나 의자를 옮기지 않고 가만히 있어도 해 지는 광경을 오래도록 볼 수 있는 곳이 있다. 수성이다. 그곳의 하루는 아주 길어서 해가 뜰 때부터 질 때까지 88일이나 걸린다. 해가 지고 나면 다시 88일간의 긴 밤이 시작된다. '동짓달 기나긴 밤, 한 허리를 버혀내어 두었다가 님이 오시는 날 굽이굽이 펴지 않아도' 퍽 괜찮을 것 같다. 하루가 엄청나게 기니까 일몰도 오랫동안 볼 수 있다. 게다가 수성은 태양 가까이에 있어서, 해가 지구에서보다 두세 배 크게 보인다. 거대한 태양의 아래쪽 끝이 지평선에 닿을 때부터 위쪽 끝마저 지평선 아래로 사라지는 데에 걸리는 시간은 대략 열여섯 시간. 지구에서는 해 지는 시간이 불과 2분 남짓인 것을 생각해보면, 수성은 일몰을 사랑하는 게으름뱅이에게는 최고의 행성일지 모른다.

게으름뱅이는 아니지만 슬플 때면 해 지는 걸 보러 가는 어린 왕자에게 수성을 추천해야 할 이유는 하나 더 있다. 해가 하루에 두 번 지는 명당이 있기 때문이다. 적도를 따라 펼쳐진 루거스평원Lugus Plantia, 그 한편에 라트비아의 시인 라이니스Rajnis의 이름을 딴, 80킬로미터 크기의 거대한 크레이터가 있다. 크레이터 둘레의 언덕에 올라 일몰을 기다리면, 놀랍게도 해가 지는 듯하다가 다시 빼꼼 올라올 것이다. 해가 서쪽에서 뜨다니! 태양은 한동안 가던 길을 되짚어 올라오다가 다시 원래 방향으로 순행한다. 두번째 일몰이 시작되는 것이다. 이 재미있는 일은 일출 무렵에도 일어난다. 해가 동쪽에서 뜨다 말고 도로 졌다가 재차 떠오른다.

지구는 공전 주기 1년에 비해 자전 주기 1일이 현저히 짧아서 해가 뜨고 지는 것을 결정하는 것은 거의 자전 주기의 몫이다. 수성은 다르다. 공전 주기 88일에 비해 자전 주기 59일이 너무 길어서, 해가 뜨고 지는 것은 공전과 자전의 하모니에 의해 결정된다. 수성 어디에서나 두 번의 일출과 두 번의 일몰을 볼 수 있는 것은 아니다. 경도가 결정한다. 서경 90도 혹은 동경 90도 근처가 명당이다. 여기서 멀어지면 태양이 역행하는 시점이 점차 바뀌어서, 하루 두 차례의 역행 중 한 번만 볼 수 있다. 경도 0도나 180도에 가까워지면 해가 오던 길을 잠시 되짚는 시점이 정오에 가까워진다. 이곳의 한낮은 그야말로 뜨겁다.

아침 알람을 끈 후에도 일어나지 못하고 빈사 상태로 이부자리 안에서 괴로워할 때, 해가 두번째로 뜰 때까지 한숨 더 잘 수 있다면 그 잠은 얼마나 달콤할까? 수성의 시인들은 두 번의 일출과 두 번의 일몰에 대해 노래하겠지. 소설가들은 첫번째 일몰과 두번째 일몰 사이의 시간을 '개와 늑대의 시간'이라고 부를지도 모른다. 아이들은 나쁜 마법사가 첫번째 일몰을 두번째 일몰로 착각해 엉뚱한 주문을 거는 바람에 죽음의 문턱에서 가까스로 되살아난 공주님이 오래오래 행복하게 살았다는 이야기를 들으며 잠이 들까.

◦◦◦

언젠가 해 지는 걸 보겠다고 충동적으로 관악산에 오른 적이 있다. 정상에서 멋진 노을을 보며 갖은 상념을 떨쳐버린 것까지는 좋았는데, 내려오다보니 사방이 캄캄해서 다시 머릿속이 복잡해졌다. 내가 있는 곳이 등산로의 바위인지 마른 계곡인지 분간이 되지 않고, 낙엽을 밟는 내 발소리가 나를 위협해올 무렵, 두 개의 불빛이 보였다. 하산길에 내가 올라가는 걸 보셨다는 등산객 부부였다. 곧 어두워질 텐데 아무 장비도 없이 혼자 휘적휘적 산에 올라가는 나를 보시고 혹시나 하고 산 중턱에서 기다리셨다고 했다. 좌절한 젊은이가 잘못된 선택을 하러 가는 건 아닐까 걱정했는데 다시 나타나줘서 고맙다고도 하셨다. 좌절한 게 아니라 그저 경솔한 것일 수도 있는데, 다른 길로 내려갔을 수도 있는데, "머지 않은 장래에 사라져버릴 위험에 처해 있는 일시적인 존재"를 위해 어두운 산속에서 랜턴을 들고 기다려주시

다니. 나누어주신 랜턴을 들고 앞서가는 어른들의 발자취를 따라 산에서 내려오는 그 저녁은 참으로 따뜻했다.

해 지는 걸 보러 가는 어린 왕자를 만난다면, 나는 기꺼이 그의 장미 옆에서 가로등을 켜고 그가 돌아올 때까지 기다리겠다. 왜 슬픈지 캐묻지 않고, 의자를 당겨 앉은 게 마흔세번째인지 마흔네번째인지 추궁하지도 않고, 1943년 프랑스프랑의 환율도 물어보지 않는 어른이고 싶다. 그가 슬플 때 당장 해가 지도록 명령해줄 수는 없지만, 해 지는 것을 보려면 어느 쪽으로 걸어야 하는지 넌지시 알려주겠다. 천문학자가 생각보다 꽤 쓸모가 있다.

3부 아주 짧은 천문학 수업

우주와의 랑데부

비투비 임현식의 노래 중에 〈랑데부Rendez-vous〉라는 곡이 있다. 그대의 중력이 나를 끌어당겨 거리를 두고 서서히 따라가다 마침내 긴 여정의 끝에 서로 맞닿는다는 내용이다. 두 사람이 만나 사랑에 빠지는 모습을 떠올리게 하는 낭만적인 노래가 내게는 우주를 꿈꾸는 노래처럼 들린다.

우주를 떠다니는 커다란 돌덩이 하나가 있다고 하자. 그리고 이 돌덩이의 정체가 너무도 궁금해 우주선을 하나 보내 자세히 관찰하고자 한다면, 사진기를 매단 부메랑을 던지듯 우주선을 쏘아 보내 돌덩이 주위를 스쳐지나가며 한 차례 관찰할 수도 있지만, 주머니 사정이 조금 더 넉넉하다면 우주선이 한동안 이 돌덩이를 따라가면서 편대비행하게 할 수도 있다. 숨막히는 어둠 속을 고요히 떠돌고 있는 커다란 돌덩이 곁에 라디오를 든 작은 우주선 친구를 붙여주는 것이다. 라디오는 지구의 신호를 우주선에 전달하고, 우주선이 이 돌덩이에 대해 알아낸 것들을 다시 지구로 송신할 것이다. 같은 방향과 같은 속도로, 소행성의 궤도에 발맞추는 '랑데부'다.

우주 랑데부에 대해 처음으로 깊이 고민했던 사람은 아마도 아폴로 11호를 타고 인류 최초로 달에 방문했던 버즈 올드린일 것이다. 그는 달로 향하는 우주선에 탑승하기 수년 전부터 랑데부 기법을 연구했다. 지상에서라면 속력을 높이거나 늦추는 방식으로 다른 물체를 따라잡을 수 있지만, 우주에서는 속력을 바꾸면 궤도의 높낮이도 같이 변하기 때문에 여간 까다로운 게 아니다. 그런데 사람이 달에 착륙했다가 돌아오려면, 달 상공을 맴돌며 기다리던 사령선과 다시 만나야만 한다. 달 표면에서 이륙한 뒤에 사령선과의 랑데부에 실패한다면 영영 지구로 돌아올 수 없다. 버즈 올드린의 랑데부 연구는 인류 최초의 유인 달 탐사에 크게 기여했고, 이후의 우주 탐사 임무를 설계하는 데도 유용하게 쓰였다. 사람들은 그를 '랑데부 박사'라고 부른다.

얼마 전, 일론 머스크가 운영하는 회사 스페이스엑스가 민간으로서는 최초로 유인 우주선을 국제우주정거장에 보냈다. '크루 드래곤 캡슐'이라는 이름이 붙은 이 우주선은 지표면으로부터 400킬로미터 높이의 상공으로 올라가 시속 2만 7000킬로미터의 속도로 지구 주위를 돌고 있는 국제우주정거장으로 접근했다. 가까워질수록 점차 서로의 궤도를 맞추며 함께 지구 둘레를 날았다. 성공적인 랑데부가 성공적인 도킹으로 이어졌고 크루 드래곤이 우주정거장에 연결된 뒤, 19시간 전에 지구를 출발한 우주비행사들은 마침내 해치를 열고 우주정거장으로 건너갈 수 있었다. 정부 기관이 아닌 민간에서의 우주탐사시대를 여는 순간이었다. 서로 다른 두 궤도의 절묘한 발맞춤을 가능케 하는 과학기술의 발현, 인류의 관심을 지구 밖으로 넓혀나가겠다는 의지, 우주와의 랑데부는 그 모든 것을 내포하는 교향곡이다.

처음부터 정교하게 계산된 것 말고 다소 우연한 랑데부도 있다. 2006년 지구를 떠난 뉴호라이즌스 탐사선은 9년여의 항해 끝에 명왕성을 만났다. 당초 계획했던 탐사를 모두 마친 뒤 뉴호라이즌스호는 제 숙명을 따라 우주 속으로 더 멀리 날아갔는데, 아직 탐사선의 컨디션이 좋았기에 미항공우주국의 과학자들은 앞으로 펼쳐질 여정에서 더 만나볼 만한 천체가 있는지 면밀히 검토한 끝에 지구에서 65억 킬로미터나 떨어진 곳에서 아령처럼 생긴 소행성 '아로코트'와의 만남을 성사시켰다. 우주 탐사에서 쓰이는 엄밀한 의미의, 궤도를 맞추는 랑데부라기보다는 잠시 스쳐지나는 '만남'이었다. 그러나 태양계 탄생 초기의 비밀을 간직하고 있는 이 소행성의 신비로운 사진이 지구상의 누군가에게는 우주의 모든 중력이 자신을 끌어당기는 것처럼 강력한 힘에 이끌려 우주를 사랑하게 되는 계기가 될지도 모른다.

내게 있어 우주와의 랑데부는 완전한 우연에서 비롯되었다. 서점에 갔다가 무심결에 다양한 성운과 은하 사진으로 가득한 과학 잡지를 집어들었다. 그것이 랑데부의 시작이었는 줄도 모르고 그저 우주를 담은 사진들과 가까이 지내다 보니 어느 순간 천문학의 세계에 도킹해 있었다. 친구의 오디션에 따라갔다가 캐스팅된 배우나 세찬 장맛비에 우산을 빌려주었다가 연인으로 발전한 커플에게도 그런 환상적인 랑데부가 있었을 것이다. 혹여 그런 일이 좀처럼 일어나지 않는다고 해도 실망할 필요는 없다. 별에서 태어나 우주 먼지로 떠돌던 우리가 이 지구를 만난 건 그야말로 우주적으로 멋진 랑데부였으니까.

우주를 사랑하는 만 가지 방법

오래전 라디오에서 이런 사연을 들었다.

> 난 원래 음악을 하고 싶었다. 그런데 학교에 내는 '희망직업'란에 '드러머'가 없었다. 난 엔지니어라고 썼고 손에는 스틱 대신 펜이 주어졌다. 그리고 공부도 음악도 어중간한 사람이 되어버렸다. 결국 난 고장난 스피커나 만지작거리는 사람이 되겠지.

신세한탄이었지만 왠지 모르게 낭만적으로 들렸다. 얼마나 음악을 사랑했으면 덜 성공한 경우를 상상할 때조차 음악에 관련된 장비를 다루는 자신을 떠올리는 것일까? '고장 난 스피커'를 고치는 사람이라니, 음악을 사랑하며 실천하는 실로 멋진 방법이다.

대학원 진학을 고민하며 내게 상담을 청했던 후배가 생각났다. 화성에 관심이 있다고 했다. 당시 내가 '행성방'으로 불리는 연구실에 있긴 했지만, 그 연구실에서 화성은 다루고 있지 않았다. 지도교수님은 행성의 대기 성분을 분석하는 사람이었다. 연구실에서는 주로 목성, 토성과 같은 기체형 행성과 그 위성의 대기, 그리고 혜성이 태양 가까이 올 때 일시적으로 생기는 먼지와 기체 등을 들여다보았다. 굳이 화성 대기를 연구하자고 달려들면 할 수는 있겠지만 여러 가지 고난이 펼쳐질 것이고, 위기의 순간을 만났을 때 선배들의 경험으로부터 도움받기도 어려울 것이 뻔했다.

안타깝게도 당시에는 그 '행성방'이 우리나라 대학원에서 유일하게 행성을 연구하는 곳이었다. 연구실의 1세대 선배들이 아직 졸업하기 전이었으니까 대학원생을 제외하면 국내에서 행성을 연구하고 있는 현직 교수는 나의 지도교수님뿐이었다. 지금은 우리 연구실 출신 행성 대기 전공자 서너 명 외에 소행성, 카이퍼대 천체, 그리고 달 전공자까지 국내에서 태양계를 연구하고 있는 사람의 수는 조금 더 많아졌다.

후배에게 "화성을 하려면 실제로 화성 탐사에 참여하고

있는 팀에 들어가야 하니 미국으로 유학을 가는 게 좋겠다"고 권했다. 그러면서 왜 굳이 화성이냐고 물었더니 의외의 대답을 했다. "화성에 우주인을 보내는 데 부품 하나라도 기여하고 싶어요." 그 녀석의 화성 사랑은 요즘 말로 '찐'이었던 것이다. 게다가 당장 눈앞의 대학원 진로만 생각한 게 아니라, 유인 화성 탐사에 필요한 관련 인력의 범위까지 조망하고 있지 않은가. 나이도 연구실 경력도 내가 많았지만, 통찰력은 후배가 한참 우위였다. 나는 당장 이번 달 관측이나 눈앞의 대기 모델 코드만 들여다보느라 큰 숲은 보지 못하고 있는 흔하디흔한 대학원생이었다.

후배가 할 수 있는 선택은 애초에 대학원에서부터 화성 탐사 임무에 참여하고 있는 지도교수를 사사하거나, 천문학의 다른 분야로 일단 졸업을 한 뒤 박사학위와 좋은 논문 실적을 들고 화성 탐사 프로젝트에 참여하는 것이었다. 유학 생각은 별로 없었는지, 후배는 국내의 대학원에 진학해 태양물리학 전공으로 박사과정을 마쳤다. 그쪽에서 실력 발휘를 너무 잘하는 바람에, 아직도 태양 연구에 매진하고 있어서 나 혼자 못내 아쉬워하고 있다. 다만, 유능한 행성과학 동료를 놓친 대신 깨달음을 얻은 것은 내가 늘 감사하는 점이다.

한국형 달 탐사를 생각해보자. 2012년 말까지만 해도 우리나라가 언젠가 달 탐사를 하리라는 것은 언젠가 남북통일이 되리라는 것과 비슷한 느낌을 주는, 아직 추상적인 미래의 일이었다. 계획이 없었던 것은 아니다. 우리 정부의 '우주개발중장기계획'은 1996년 김영삼 정부에서 이미 시작되었다. 90년대 초반부터 쌓이기 시작한 우리 인공위성 기술은 불과 십여 년 사이에 비약적으로 발전해나갔다. 2000년 이후의 김대중 정부에서도 인공위성 관련 사업에 힘을 실어주었다. 인공위성과 더불어 이를 지구 궤도로 쏘아 올릴 발사체 기술도 착실히 개발되고 있었다. '달 탐사'가 전면에 등장한 것은 2007년 노무현 정부에서였다. 2020년에 달 궤도선을 발사한다는 목표가 설정되었다. 아직은 정부 차원에서 논하는 단계였을 뿐, 탐사에 필요한 기술 개발 방안이나 과학적 탐구 목표, 인력 양성을 위한 교육 등이 시작된 것은 아니었다. 2011년 이명박 정부가 달 궤도선 발사 계획을 2023년으로 미루면서, 구체적 실현 방안에 대한 논의 역시 시작되지 않은 상태 그대로 유예되었다. 우리나라도 달 탐사를 하자고 강력히 주장하는 국민이 많다거나, 뛰어난 천문학자가 달 탐사의 필요성을 역설하는 일도 없었다. 국내에는 달을 연구하는 사람이 없었으므로 자연히 그러했다.

그러다가 2012년 말, 우리나라는 갑자기 달 탐사를 준비하게 됐다. 대선을 앞두고 열린 TV토론회에서 박근혜 당시

대통령 후보가 달 궤도선 발사를 2017년으로 앞당기겠다는 공약을 내건 것이다. 유력한 대선 후보였던 그는 곧 대통령이 되었고, 그렇게 한국형 달 탐사 프로젝트가 시작되었다. 이후 문재인 정부 들어서 기술적 난항을 겪으며 두 차례에 걸쳐 궤도선 발사를 연기했다. 현재는 2022년 여름에 발사하는 것이 목표다.

우주 탐사에 관한 정책은 특별한 정치색을 띠지 않는다. 학계에서 과학정책 자문을 할 때는 어느 정당에나 대동소이한 의견을 보낸다. 정계에서 과학자 집단에 요구하는 것도 우리나라의 과학기술을 세계적 수준으로 끌어올릴 수 있는 분야, 국민의 삶의 질을 비약적으로 발전시킬 만한 분야를 선별해달라는 것이다. 달 탐사를 이어받은 문재인 정부가 이전 정권과 정치적으로는 대척점에 있으나, 그렇다고 해서 이전 정부에서 시작한 달 탐사 프로젝트를 '적폐 사업'으로 간주한다는 소문은 사실이 아니다. 애초에 실현하기 어려운 조급한 일정이었기 때문에 발사 연기는 예견된 수순이었다.

행정부에서는 드물게 이공계 전공자인 박근혜 전 대통령이 2020년대에 새로운 달탐사시대가 곧 도래하리라는 혜안을 가졌던 것에 비하면 안타깝게도, 달 탐사를 당장 시작하겠다고 선언했을 때 우리나라에는 달 과학자가 단 한 명도 없었다. 달 과학자는커녕 행성 전공자도 다섯 손가락으로 헤아릴 수 있었다. 대학원생까지 합쳐봐도 여남은 명에 불과했다. 공학 쪽도 크게 다르지 않았다. 인공위성 분야에서는 우리나라가 좀 잘나가는 편이지만, 지구 궤도보다 더 먼 곳으로 인공물체를 보내본 경험은 전혀 없다. 그런 상황에서 갑자기 수년 내에 달 궤도선을 보내겠다는 선언은 실현될 리 만무한 것이 아닌가. 게다가 국가의 예산은 아무때나 이쪽 주머니에서 저쪽 주머니로 옮길 수 있는 것이 아니다. 국회를 통과하는 절차가 오래 걸리면서 실제로 예산이 투입된 것은 2016년이었다. 그래서야 2017년에 궤도선을 발사할 수가 있나. 공학자들은 부랴부랴 궤도선을 설계·제작했고, 과학자들은 어떤 관측기기를 싣고 갈지 결정했다. 대학에서는 천문학의 다른 분야를 가르치던 몇몇 교수들이 급히 달 팀을 꾸렸다. 2017년이 되어서야 국내에서 달 과학 전공으로 첫 박사학위자가 나왔다.

스마트폰이나 신형 자동차 개발이 그렇듯이, 달 탐사에도 수많은 사람이 필요하다. 가장 쉽게 생각나는 것은 달 과학자다. 달의 이모저모를 연구할 과학자들과 대학원생들이 달 과학의 기초를 탄탄히 해주어야 한다. 그동안 우주 탐사 선진국이 발견했던 것을 그저 재확인하는 것보다는, 아직 아무도 발견하지 못한 무언가를 우리가 찾아내면 얼마나 좋을까. 반세기 이상 뒤처진 후발주자이지만, 아직도 우리나라가 달 과학에 기여하고 선도할 수 있는 분야가 많다. 과학자들의 아이디어를 실현할 관측기기를 제작해주는 기업도 필요하다. 그리고 무엇보다도, 그러한 개별 관측기기들이 부착될 탐사선 자체를 설계하고 제작하는 공학 기술이 실현되어야 한다. 좋은 내비게이션을 써먹으려면 잘 굴러가는 차가 있어야 하는 것과 같다. 발사체 기술도 필요하다. 2022년에 발사할 시험용 궤도선은 미국 스페이스엑스의 발사체를 이용하지만, 이후로는 우리나라가 자체 개발한 발사체를 사용해 우주탐사선을 보내기로 계획되어 있다. 따라서 훌륭한 공학자가 필요하고, 그들의 이론과 설계를 뒷받침해주는 기술도 실현되어야 한다. 지구에서 탐사선에 명령을 보내고, 탐사선이 보내오는 자료를 지구에서 받을 수 있도록 통신을 담당해주는 팀도 필요하다. 누군가는 탐사 전용 홈페이지를 제작하고, 누군가는 홍보자료를 만들고, 누군가는 이를 다른 나라 언어로 번역해야 한다. 한국형 우주탐사선의 이름과 로고를 정하는 공모전을 진행하는 팀도 필요할 것이다. 나중에 유인 탐사를 하게 되면, 우주비행사는 물론 이들의 건강을 챙길 의사와 헬스 트레이너, 심리 전문가도 필요하다. 우주복을 설계하는 산업디자이너, 이를 제작하는 공장이 있어야 한다. 우주인이 먹을 식량, 달 표면을 탐사할 때 사용할 집게와 가방 따위도 만들어야 한다. 탐사선에 들어갈 전선 하나, 볼트 하나마다 여러 사람의 손길이 거쳐갈 것이다. 수많은 분야에서 일하는 수많은 사람들이 필요하다.

우주 탐사에는 막대한 예산이 들어가는데, 당장 상업적으로 이윤을 남길 수 있는 아이템은 아니기 때문에 대기업이 돈을 대는 일은 드물다. 정부의 지원이 필수적이다. 그러려면 정부에 우주 탐사의 필요성을 역설하고, 그것이 국가에 얼마나 도움이 되는지 비전을 제시해주는 자문단이 필요하다. 그 조언을 바탕으로 정책을 만드는 전문가, 이를 승인하는 최고결정권자와 국회, 그리고 그 실무를 담당하는 수많은 공무원이 현장을 방문하고, 공문서를 작성하고, 예산 집행 내역을 들여다봐야 한다. 그리고 자신들이 낸 세금을 기꺼이 우주 탐사에 쓰도록 허락하고, 공감하고, 지지하고, 애정 어린 눈길로 지켜봐주는 국민이 필요하다. 당신이 꼭 필요하다. 천문학자가 아니라도 우주를 사랑할 수 있고, 우주 탐사에 힘을 보탤 수 있다. 우주를 사랑하는 데는 수만 가지 방법이 있으니까.

하늘의 어디

"네 벽면에 난 창문이 모두 남향인 집을 지으려면 어떻게 하면 될까?"

정우성과 김향기 주연의 〈증인〉이라는 영화에 나오는 퀴즈다. 정우성이 연기하는 변호사 '순호'는 김향기가 연기하는 자폐아 '지우'를 법정에 증인으로 세우고 싶어서 조심스럽게 조금씩 다가간다. 지우가 퀴즈나 퍼즐을 좋아한다는 정보를 입수한 순호는 지우에게 몇 가지 문제를 슬쩍 던져보는데, 지우는 다른 문제는 다 시시해하다가 이 문제에 멈칫한다. 몇 시간 뒤, 답을 알아낸 지우는 순호에게 문자로 답을 보내며 대화의 문을 열기 시작한다. 영화 속 문제의 답은 '북극에 집을 짓는다'이다. 물론 이때의 북극은 정확히는 점 하나일 뿐이고, 집을 짓는다면 점보다는 큰 면적이 소요될 테니 동쪽과 서쪽을 구분할 수는 있다. 어느 쪽이 동쪽인지는 집주인이 정하면 되고, 자연스럽게 그 맞은편이 서쪽, 둘 사이가 남쪽이 된다. '북향' 창문은 가질 수 없다. 대신 동향과 서향, 그리고 두 개의 남으로 난 창을 갖게 된다. 남으로 난 마루 깊이 해가 들어오는 집이 전통적으로 좋은 집인데, 양쪽이 다 남향이라니 이런 호사가 있나! 물론 자칫하면 얼어 죽을 수도 있는 북극에서는 서로 마주보는 남향 창문 둘을 활짝 열어 맞바람이 들게 하지는 않을 것이다. 동서남남 어느 쪽이든 창문은 없거나 아주 작아야 한다.

남향 창문이 그다지 매력적이지 않은 곳은 또 있다. 호주와 뉴질랜드, 남미 대륙 남단의 티에라델푸에고 같은 곳이다. 여기서는 해가 잘 드는 곳에 살고 싶다면 북향집을 찾아야 한다. 우리나라 사람들이 이곳에 죽은 자를 묻는다면 망자의 머리를 북쪽 대신 남쪽에 두어야 할까. 아무튼 남반구에서 보는 하늘은 한반도에서 보는 것과는 아주 다르다. 호주에서 올려다보는 밤하늘엔 북두칠성이 있을 법한 자리에 남십자성이 있다. 생일 별자리를 따질 때 쓰는 황도 12궁이나 행성, 그리고 달은 북극성에서 남쪽으로 한참 떨어져 있어 계절에 따라 지평선 위아래로 오르락내리락하기 때문에 남반구에서도 잘 보인다.

다만 달의 모양은 다르다. 초저녁, 조금 전 해가 진 자리에 초승달이 잠시 나타난다. 농구공 하나를 두 손으로 들고 있다고 상상해보자. 그 상태로 서쪽 지평선 방향에 오른손을 가져가보면, 꼭 그런 모양의 초승달이 있다. 그런데 북반구에 한해서 그렇다. 남반구에서는 왼쪽 손이다. 그렇다. 중학교 교과서에서 배운 '달의 위상 변화'는 북반구 전용이다. 초승달과 상현달은 오른쪽으로 볼록, 그믐달과 하현달은 왼쪽으로 볼록하다고 열심히 순서를 외웠건만 만고 불변의 진리가 아니라니. 적도에서 보는 초승달은 어떨까? 배처럼 아래쪽으로 볼록하다. 우리가 보는 세상은 우리가 규정한 것이다. 하늘의 달도 우리가 바라보는 방향에 따라 다르게 보이지 않는가.

하늘에 있는 해와 달과 별과 성운과 은하의 위치가 관측한 지역마다 다르게 기록된다면 혼란스러울 것이다. 우리나라에서는 북극성의 고도가 38도 정도지만, 북극에 가면 북극성이 고도 90도, 머리 꼭대기에 있다. 적도에서는 북극성이 지평선 부근에 있어 잘 보이지 않는다. 어느 방향, 고도 몇 도에 별이 있다는 기록은 그 지역에서만 쓸모가 있다. 대항해시대에는 밤하늘의 달과 별을 보며 위치와 시간을 알아야 했고, 오늘날 천문학자들은 국적을 불문하고 관측하기 좋은 곳이라면 전 세계 어디든 간다. 심지어 우주에 망원경을 띄워두기도 하는데, 고도와 방위각으로 천체의 위치를 논할 수는 없다. 지구상의 위치를 경도와 위도로 표현하는 것과 비슷하게, 밤하늘에서의 위치는 적경과 적위로 표현한다. 적위는 지구의 적도면을 기준으로 한다. 북극성의 적위는 +90도, 지구 적도에서 머리 꼭대기에 있는 별의 적위는 0도다. 적경은 춘분날 태양의 위치인 춘분점을 기준으로 한다. 밤하늘에서 적경 0도, 적위 0도에 해당하는 지점은 물고기자리 근처에 있다. 별과 성운, 은하의 위치는 적경 적위로 표현할 수 있고, 항상 같은 위치에 있으므로 그 숫자가 변하지 않는다. 움직인다고 해도 너무 멀어서 우리가 보기엔 제자리나 마찬가지다. 그러나 해, 달, 행성과 소행성, 혜성의 위치는 적경좌표계 안에서도 변한다. 물론 무작위로 변하는 것은 아니라 나름대로의 규칙이 있다. 각자의 궤도에 따라 성실히, 꾸준히 움직이고 있다. 별에 비하면 이들은 너무나 가까운 우리의 이웃이라서 그들의 움직임이 크게 보인다.

가장 가까운 것은 달이다. 햇빛이 드는 곳과 들지 않는 곳을 구분할 수 있고, 해가 드는 곳은 표면의 밝고 어두운 무늬도 보일 정도 아닌가. 하늘의 달을 바라본 예술가들은 그에 대한 글을 쓰고, 노래를 만들고, 그림을 그린다. 그러면 나는 예술가들이 그린 달을 감상한다. 가쿠타 미쓰요의 소설 『종이달』에도 달이 등장한다. 주인공 리카는 평범한 은행원인데, 어느 날 갑자기, 별 이유도 없이 고객의 돈을 횡령하기 시작한다. 고객이 입금해달라고 돈을 주면 위조한 입금증을 발급하고는 그 돈을 펑펑 써버린다. 빼돌린 돈을 결코 갚지 못하고 다시 횡령을 반복하며 범죄는 커져만 가는데…… 본래는 성실하게 일상을 살던 주인공 리카가 난생 처음으로 밤새 놀다 새벽에 나와 전철을 기다리면서 하늘의 초승달을 올려다보는 장면이 있다. 이 소설은 후에 영화화되었는데, 영화에서는 푸르스름한 하늘의 초승달을 올려다보다 주인공이 자기도 모르게 손을 들어 지우는 시늉을 하니 비현실적으로 하늘에서 달이 지워지는 장면이 나온다. 아니, 이게 무슨 소린가. 달이 지워지는 건 소설이니 그렇다고 하자. 그런데 새벽 하늘에 초승달이라니. 그럴 리가 없다. 새벽, 해 뜨기 직전에 보이는 가녀린 달은 그믐달이다. 북반구에서는 왼쪽 손, 살짝 구부린 왼쪽 손에 해당하는 모양이다. 그믐달은 해보다 조금 앞서 지평선 위로 올라와 잠시 보였다가 해가 뜨고 나면 밝은 햇빛 때문에 더는 보이지 않는다. 소설의 배경은 우리와 위도가 비슷한 일본. 혹시 번역상의 오류인가 하며 원서를 찾아보았지만, 일본에서 초승달을 이르는 말인 초사흘달三日月이라 적혀 있었다. 영화에서도 주인공 리카가 손을 들어 지우는 달은 초승달이고, 일본 책의 표지에도 초승달 그림이 나온다.

초승달은 해를 바짝 뒤쫓느라 초저녁에나 잠시 보였다가 이내 지평선 아래로 가버린다. 하루하루 지나면서 달은 차오르고, 뜨고 지는 시간이 조금씩 늦어진다. 오후에 반달이 보인다면 해와 한참 떨어진 동남쪽이다. 오른손 방향으로 볼록한 상현달이다. 보름이면 서쪽으로 해가 질 무렵에야 동쪽에 달이 떠오른다. 보름달은 해가 없는 동안 내내 밤을 지키다 해 뜰 무렵 서쪽으로 진다. 달이 뜨고 지는 시간은 매일 대략 50분씩 늦어진다. 보름에서 며칠이 지나 이제 왼쪽만 볼록한 하현달은 한밤중에야 잠깐 떴다가 낮에 진다. 오전에 서쪽에 뜬 반달이 하현달이다. 며칠이 더 지나 그믐달 무렵이 되면, 새벽녘에야 달이 떠오르는 것이다. 그러고는 곧 해가 올라오니 낮 동안 보이지 않는다. 초승달은 많은 사람들이 볼 수 있고 상현달과 보름달도 꽤나 사랑받는다. 그러나 밤하늘에 하현달이 보이는 때는 너무 늦은 시간이라 많은 사람들이 보지 못한다. 그믐달은 밤을 꼴딱 샌 사람들, 혹은 한밤중에 일어나 태양보다 먼저 하루를 시작하는 소수의 사람들만 보는 그런 달이다.

일제 강점기의 작가 나도향은 『조선 문단』이라는 문예지에 발표한 「그믐달」이라는 수필에서 이렇게 달을 노래한다.

초승달이나 보름달은 보는 이가 많지마는 그믐달은 보는 이가 적어 그만큼 외로운 달이다. 객창 한등寒燈에 정든 임 그리워 잠 못 들어 하는 분이나, 못 견디게 쓰린 가슴을 움켜잡은 무슨 한恨 있는 사람이 아니면 그 달을 보아주는 이가 별로 없을 것이다. (…)
내가 한 있는 사람이 되어서 그러한지는 모르지마는, 내가 그 달을 많이 보고 또 보기를 원하지만, 그 달은 한 있는 사람만 보아주는 것이 아니라 늦게 돌아가는 술주정꾼과 노름하다 오줌 누러 나온 사람도 보고, 어떤 때는 도둑놈도 보는 것이다. 어떻든지, 그믐달은 가장 정 있는 사람이 보는 중에, 또는 가장 한 있는 사람이 보아주고, 또 가장 무정한 사람이 보는 동시에 가장 무서운 사람들이 많이 보아준다.

『종이달』의 리카가 처음으로 일생일대의 일탈을 저지르고 나온 날, 앞으로 도저히 되돌릴 수 없으며 스스로는 멈출 수도 없는 범죄의 눈덩이를 굴리게 될 미래의 기운을 막연히 감지하는 그 순간은 그믐달이어야 한다. 거대한 밤이 지나자 아무렇지도 않은 듯 다시 돌아온 일상의 아침을 맞이하는 달이 초승달이라고 잘못 불리운 것은 아무래도 서운한 일이다. 그믐달이 그런 달이다. 다행히도 『종이달』의 우리말 번역본 표지에는 그믐달 모양의 그림이 그려져 있다.

수분受粉하는 여행자

신종 코로나 바이러스 때문에 여러 사람이 애쓰고 있다. 확진되어 치료중인 이들은 물론 의심 증상을 보이는 사람, 확진자와 접촉한 이력이 있어 격리된 사람, 어느 때보다 높은 강도의 청결 요구에 묵묵히 응하는 청소 노동자, 일선의 의료진, 질병관리청을 비롯한 정부 관계자, 공항·항만의 검역 담당자, 그리고 바이러스의 영향을 받지는 않았지만 매일 뉴스를 지켜보며 걱정과 불안을 함께 나누는 이들이 있다. 많은 사람이 적극적으로 참여하고 촉각을 곤두세우는 이유는, 우리가 역사를 통해 새로운 전염성 질병의 위력에 대해 알고 있기 때문이다. 가깝게는 메르스, 사스, 신종플루가, 멀게는 중세 유럽을 강타한 흑사병과 19세기 아시아를 휩쓴 콜레라가 쓰디쓴 교훈을 남겼다.

병이 다른 지역으로 옮겨지는 것은 그 원인물질이 여행자와 함께 이동하기 때문이다. 콜럼버스와 그 일행이 아메리카대륙에 유럽의 질병을 옮긴 것은 유명한 이야기다. 우주에 갈 때도 지구상의 미생물이 다른 천체를 오염시키는 일이 없도록 대비를 한다. 지구에서는 아무렇지 않은 미생물이라도 다른 공간에서는 어떤 문제를 일으킬지 모르며, 지구에서부터 무임승차한 미생물을 뒤늦게 발견하고는 지구 밖에서 외계 생명체를 만났다고 오해할 수도 있기 때문이다. '행성 보호planetary protection'의 주요 내용은 탐사선의 안팎을 면밀히 닦는 것이다. 알코올로 소독하거나 열 건조 처리를 하기도 한다. 실험실을 거의 무균실 상태로 만들어 그 안에서 기기를 제작·조립하기도 한다. 탐사선 대부분은 임무가 끝난 뒤 우주 어딘가에 버려지지만, 지구로 돌아오는 것도 간혹 있다. 인류가 가장 보호하고 싶은 행성은 지구이므로, 이 경우 더욱 조심스럽다. 달에 다녀온 아폴로 우주인들은 혹시 달 표면에서 유해 물질을 묻혀 왔을 가능성을 염려하여 3주간 격리되었다.

무엇보다도 경계하는 것은 우리가 지구 밖 어느 천체에 생명의 씨앗을 뿌리는 것이다. 의도치 않게 말이다. 아무도 눈치채지 못한 사이에 탐사선에 올라탄 생명체가 착륙지에 남겨져 어떤 형태로든 살아남아 번식에 성공한다면? 그 생명의 기원으로부터 다윈의 생명나무에서처럼 다양한 종이 분화, 진화한다면? 오랜 시간이 지난 뒤 그곳은 제2의 지구로 변모해 있을지도 모른다. 지구도 한때는 황량한 곳이었다. 물도, 생명을 만드는 유기물질도 없이, 금속이 깊이 가라앉아 핵을 만들고, 그 위로 금속보다는 가벼운 암석의 맨틀이, 가장 표면에는 용암과 돌덩어리들이, 그리고 지구 밖 우주에서 끊임없이 쏟아져내리는 유성 때문에 만들어진 운석구덩이만이 가득했던 때가 있었다. 누군가의 의도로 지구에서 생명이 시작된 건 아니다. 수분도 유기물질도 없는 메마른 흙으로는 아담도, 아담을 빚을 질퍽한 반죽도 만들 수 없다. 우주라는 거대한 자연의 순리였다.

우리 이웃에도 생명이 싹튼다면 기뻐하고 환영할 일이다. 허버트 조지 웰스의 『우주 전쟁』에 나오는 문어처럼 생긴 화성인이 지구를 공격해온다면 다른 얘기겠지만, 생명과 지능의 진화로는 우리가 수십억 년 앞서 있으니 당분간은 따라잡힐 걱정이 없다. 그러나 우리가 수십 년째 외계 생명체를 그토록 찾아 헤매는 것은 오로지 우주에 대한 궁금증, 자연을 이해하고자 하는 탐구심 때문이다. 우리는 관찰자일 뿐, 바깥 천체를 마음대로 주무를 권리는 없다. 생태계를 위해 어떤 잔인한 포식자 종을 절멸시키거나 가여운 피식자를 집중적으로 키워낼 권리가 우리 인류에게는 없는 것처럼. 〈스타 트렉〉 시리즈에서는 우주 곳곳의 문명이 서로 교류하며 행성 연방을 구성하는데, 연방의 규칙 중 가장 중요한 것은 연방에 가입하지 않은 다른 외계 문명에 어떠한 영향도 미치지 않아야 한다는 것이다. 천문학자들은 이 '프라임 디렉티브' 규칙에 완전히 동의한다. 화성에 페스트가 창궐하여 웰스의 문어들이 줄줄이 쓰러진다고 해도 다른 문명이 끼어들어 항생제를 살포해서는 안 되며, 반대로 먼지바람에 돌멩이들만 굴러다니는 세계에 선인장을 심거나 베르베르의 여왕개미 '벨로키우키우니'를 이주시켜서는 안 된다.

행성 보호국에 취직한다면 화성이나 토성의 위성 엔셀라두스, 혹은 타이탄에 보낼 탐사선 부서에는 발도 들이지 않는 것이 좋을지도 모른다. 이런 곳들은 생명이 싹트기 좋은 환경이라서 행성보호국의 업무 강도가 세다. 우리가 생명 발생을 야기해서도 안 되고, 그곳에 만약 이미 생명체가 있다면 지구 귀환선에 묻어 초장거리 이사를 하지 않도록 하기 위해 이곳의 직원들은 사력을 다할 것이다. 반면 달이나 수성, 소행성처럼 물이나 유기물질이 있다고 해도 생명이 번식할 가능성이 낮은 천체를 다루는 부서라면 '저녁이 있는 삶'이 보장될 것이며 정신적 스트레스도 덜할 것이다.

2019년 중국의 탐사선 창어 4호嫦娥四號는 달 표면에서 목화 싹을 틔우는 실험을 했다. 착륙 직후, 세심하게 마련한 초소형 온실 안에서 과연 초록 이파리가 올라온 것이 보였지만 오래가지 않아 죽어버렸다. 씨앗과 온실 속 지구 공기에 저장된 에너지를 끌어모아 지구에서 달까지 가는 동안 겨우 싹을 내었던 것일 뿐, 달에서 자라난 것은 아니었다. 같은 해 이스라엘이 보낸 달 착륙선 베레시트는 곰벌레 여러 마리와 함께 달 표면에 도달했다. 착륙 직전 문제가 생겨 추락하는 바람에 착륙선은 잔해가 되어 달 표면에 흩어졌다. 충돌 당시의 충격으로 곰벌레가 담긴 용기의 뚜껑이 열렸을까? 영하 180도의 극히 건조한 곳에서도 생존한다는 곰벌레가 영하 180도에 이르는 보름의 밤과 영상 130도까지 올라가는 보름의 낮을 견뎌낼 수 있을까? 얼마간은 그럴 수도 있다. 그러나 곰벌레는 그러한 조건이 오면 거의 모든 생명 활동을 꺼버리고 동면 상태에 들어가 버틸 뿐이다. 당연히 번식도 하지 않는다. 번데기처럼 버티다가 서서히 사그라든다. 달에 간 곰벌레의 첫 세대이자 마지막 세대가 되는 것이다.

태양계 생성 초기, 원시 지구는 온도가 섭씨 380도에 이르는 지역에서 태어났다. 물이나 탄화수소화합물은 증기가 되어 날아가버렸고, 금속과 규산화물 같은 물질들만이 남아 천천히 냉각되어갔다. 전형적인 암석형 행성이었다. 그런 지구에 물과 유기물질이라는 생명의 씨앗을 가져다준 여행자가 있었다. 인류가 탐사선을 쏘아 올리기 훨씬 전부터, 아폴로 우주인이 달에 도착하기 전부터, 보이저호가 태양계의 여러 행성을 차례차례 방문하기 전부터 태양계를 누비던 여행자, 소행성과 혜성이다.

여행자의 고향은 태양으로부터 멀리 떨어져 있어 대단히 춥고 어둡다. 그곳에서는 태양계 생성 초기의 물질들이 섞여 꽁꽁 얼어붙은 채 동면 상태로 어슬렁거린다. 그러다 근처 다른 천체의 사소한 섭동攝動이 '넛지'가 되면 태양 근처로 향하는 궤도에 올라서게 된다. 추운 곳에서 시작한 여정은 점차 따뜻한 곳으로 이어진다. '더러운 눈덩어리'로 비유될 정도로 얼음을 많이 품고 있는 혜성에는 아이스크림 가게에서 함께 포장해준 드라이아이스를 꺼냈을 때처럼 얼어붙어 있던 물질들이 기화되며 기다란 증기 꼬리가 생긴다. 먼짓덩어리도 간헐적으로 떨어져나가 여행자가 지나간 길을 점점이 수놓는다. 때로는 혜성의 일부 조각이 떨어져나오기도 한다. 헨젤과 그레텔의 빵 조각을 발견한 숲속의 동물들처럼, 행성이나 그 위성이 지나가다 우연히 여행자의 흔적을 만나면 먹어 치워버린다. 혜성의 잔해나 아주 작은 소행성이 지구를 만난다면 유성이 되어 밤하늘에 긴 섬광을 남기며 상공에서 타오르기도 하고, 다 타버리기 전에 지표면에 도달해 운석이 되기도 한다. 종착지가 대기든 지표면이든 바다이든 간에, 우주에서 온 물질이 지구에 흡수되는 것이다. 지구가 생겨날 때 이미 물은 모두 날아갔지만, 초기 지구를 격렬하게 방문했던 수많은 여행자 덕분에 지구는 곧 물로 가득찬 푸른 행성이 되었다.

혜성탐사선 지오토와 로제타를 통해 우리는 혜성이 메테인과 같은 탄소화합물을 풍부하게 갖고 있음을 확인했다. 혜성에는 다량의 물이 들어 있기도 하다. 소행성의 암석 속에서도 다양한 유기물질과 물을 찾을 수 있다. 태양계 초기의 열기가 한풀 가라앉은 뒤, 이제는 물이 액체 상태로 존재할 수 있는 지구에 태양계 곳곳에서 물과 유기물질이 계속해서 날아들었다. 바다가 생겨나고 그 속에서 생명이 잉태되었다. 벌이 꽃밭을 날아다니며 수분하듯이, 혜성과 소행성, 그리고 작은 먼지 입자들이 지구에 생명을 가져온 것이다.

새로운 것은 공포를 대동한다. '개와 늑대의 시간'에 움직이는 동물이 실제로는 나의 충직한 개일지라도 그 정체를 파악하기 전까지는 두려움의 대상이 되듯이. 혜성이 태양계의 구성원이라는 사실을 알지 못했던 선조들은 혜성이 나타나면 두려움에 떨며 국가와 부족의 운명을 걸고 대비를 갖췄다. 혜성이 태양계 멀리에서 지구 근처를 지나가는 작은 천체임을 안 뒤에도 혜성의 꼬리에 독극물을 만들 수 있는 시안CN-이 들어 있다며 장사치들은 방독면을 팔았다. 그 농도가 너무나 희박해 아무런 독성을 일으키지 않는다는 것이 널리 알려지기 전까지는. 지구에서 생명이 탄생하고 인류와 문명이 발달한 후에도 여행자들은 종종 찾아온다. 생명의 씨앗 말고도 우주의 신비, 태양계의 경이로움을 알려줄 힌트를 하나씩 떨구고 간다. 혜성과 유성, 운석을 통해 인류는 우주라는 거대한 자연을 배운다. 우리 사회는 새로운 질병 덕에 고통스럽지만 많은 것을 배우는 중이다. 놀라운 대처 능력, 국민들의 성숙한 태도, 그리고 이제껏 본 적 없었던 새로운 바이러스의 정체라는 자연의 한 조각을 파악했다. 소행성은 공룡을 포함해 지구 생명체 일부를 몇 차례나 멸종시켰지만, 그래도 지구에는 흐드러지게 생명이 꽃피었다. 위기를 이겨낸 우리의 마음속에도 언젠가는 봄꽃이 간질간질 피어나리라.

잘 알려진 천문학사

천문학은 언제부터 시작되었을까? 천문학은 실로 지구에서 가장 오래된 학문 중 하나다. 네안데르탈인도 하늘의 해와 달과 별을 보았을 것이고, 어쩌면 인류 혹은 그 비슷한 종족이 나타나기 전에도, 이를테면 백악기의 공룡들도 해가 뜨고 지는 것을 보았을 것이다. 어둠 속에서 움직이기 좋아하는 야행성 동물들은 보름달 무렵에는 밤새 너무 밝아 활동을 조심했겠지.

아일랜드에는 뉴그레인지Newgrange라는 거대한 고분이 있다. 기원전 3200년 전후의 신석기시대에 지어진 것으로 추정되는 돌무지무덤인데, 돌을 쌓아 만든 것치고는 높이 11

미터, 지름 80미터에 달하는 거대한 건축물이다. 발굴되기 전에는 그저 야트막한 동네 동산으로 보였을 것이다. 입구에는 고흐의 별 그림을 연상시키는 동글동글 무늬가 새겨진 돌판이 있고, 그 너머로는 무덤의 중앙으로 향하는 좁고 길다란 복도가 있다. 놀랍게도 이 복도는 해가 드는 길이라고 한다. 5000년도 넘는 세월 동안, 이 무덤의 주인은 매년 동짓날마다 자기 자리에서 일출을 맞이했다고 한다. 동지는 일 년 중 밤이 가장 긴 날이다. 이 무덤을 건설한 사람들은 밤의 길이가 규칙적으로 길어졌다 짧아졌다 한다는 사실을 잘 알았고, 계절에 따라 해가 뜨는 방향과 고도를 헤아릴 수 있었다. 이들이 어떤 종족인지는 아직 알려지지 않았다. 다만 훌륭한 천문학자를 보유했던 것만은 분명해 보인다.

기록으로 남아 있는 옛 천문학자로는 마야문명의 공무원이 있다. 돌로 만들어진 공간 안에서 원통형의 관을 통해 주위를 둘러싼 천체를 관찰하고 있는 사람의 그림이 전해진다. 유적 중에서도 하늘을 관찰할 수 있는 창이 여럿 나 있는 건물이나, 머리 바로 위 천정zenith 방향으로 창이 난 지하실이 발견된다. 이들의 활약 덕분에 마야 사람들은 일 년의 길이와 달의 주기뿐 아니라, 금성과 화성의 주기까지 알고 있었는데, 이들이 추정한 값은 오늘날 우리가 알고 있는 주기와 매우 가깝다. 예를 들어, 오늘날 우리가 알고 있는 금성의 회합 주기會合週期가 583.92일인데, 마야인들의 계산으로는 584일이다. 실제에 거의 근접하게 계산해낸 것이다. 마야 사람들은 태양을 기준으로 하는 양력과 금성을 기준으로 하는 금성력, 두 종류의 달력을 동시에 사용한 것으로도 유명하다.

종교나 점성술, 농경에 필요한 달력 계산을 벗어나 천문학이 보다 학문적인 형태를 갖춘 것은 그리스시대라고 할 수 있다. 그리스인들은 자연을 인위적으로 좌지우지할 수 없는 대상으로 보고, 천체의 움직임 또한 자연의 일부로 생각했다. 고대인들이 남겨둔 방대한 관측자료도 자연 관찰 기록으로 보고 수용, 보완해나갔다. 피타고라스학파는 원과 구를 특별한 것으로 취급했는데, 여기에 더해 플라톤은 하늘에 있는 천체들이 그 특별한 구형이며, 이들이 커다란 원 위에서 나름의 질서를 가지고 조화를 이루고 있다고 보았다. 그 중심에는 지구가 있고, 다른 천체들이 지구 주위를 돈다는 것이 고대 그리스 철학자들의 보편적인 생각이었다. 이에 천체를 관측하는 도구도 제작되고, 별의 목록도 발간되는 등 체계적인 관측이 이루어졌다. 수학의 위상도 높아짐에 따라 행성의 움직임을 수학적으로 기술하고자 하는 시도도 이루어졌다.

그러나 행성의 움직임은 너무나 오묘했다. 별과 달리 행성은 때때로 방향을 바꾸어 역행하다가 다시 본래의 방향으로 순행하곤 했다. 오늘날 우리는 그 이유를 잘 알고 있다. 태양을 중심에 두고 지구를 포함한 행성들이 각자의 주기로 태양 주위를 돌기 때문이다. 그러나 그리스인들의 철학은 우주의 중심에 오로지 지구만을 허락했다. 천상의 물체는 완벽하고 특별해야 하는데, 우주의 중심에 지구를 놓고 행성의 움직임을 원으로 설명하는 것은 여간 고역이 아니었다.

그 어려운 일을 해내고야 만 사람이 있었으니, 바로 프톨레마이오스다. 훗날 라파엘로가 고대 그리스의 유명한 학자들을 한데 모아 그린 〈아테네 학당〉을 보면, 프톨레마이오스는 관객을 등진 채로 서서 지구본을 들고 대화에 열중하고 있는 모습으로 등장한다. 그는 세상의 중심에 지구를 놓고 행성의 움직임을 설명하기 위해, 행성들이 지구 주위를 공전할 때 '주전원epicycle'이라는 작은 원을 각자 그리며 나아간다는 창의적 해결책을 도입했다. 연습장의 스프링을 빼서 동그라미를 만든 것과 비슷한 형태다. 그러니까 행성들은 작게는 주전원을 도느라고 때때로 뒤로 가는 것처럼 보이지만 크게 보면 지구 주위를 공전하는 방향으로 움직인다는 것이다. 행성 궤도의 중심은 지구가 아니라 지구 근처의 다른 지점이고, 달과 태양과 행성들의 궤도가 겹치지 않도록 정교하게 배치한 결과, 지구로부터의 거리는 달, 수성, 금성, 태양, 화성, 목성, 토성의 순서로 멀어진다고 보았다. 이렇게 하면 원궤도를 도는 행성의 움직임, 역행과 순행을 꽤 잘 설명할 수 있다. 당대에는 현명한 제안이었겠지만, 오늘날 '프톨레마이오스의 주전원'은 복잡한 가정을 억지로 끼워 맞춰 그럴듯하게 보이는 것을 비유할 때 언급되는 슬픈 운명을 맞이했다. 설명은 간단할수록 좋다는 '오컴의 면도날' 개념의 대척점이라고나 할까. 태양을 중심에 두고, 행성의 공전 궤도로 원이 아니라 타원을 도입하면 간단히 끝날 일이다. 콜럼버스의 달걀 같은 얘기지만 말이다.

고대 그리스에서 태양이 중심에 있다고 주장한 사람도 있긴 있었다. 너무 일찍 지동설을 주장한 이 천문학자의 이름은 아리스타르코스. 그는 태양과 달, 지구의 크기를 계산해 보고는, 태양이 지구보다 훨씬 크니, 작은 지구가 큰 태양 둘레를 돌 것이라고 생각했다. 태양과 별의 속성이 같고, 밤하늘에서 별이 움직이는 이유는 지구가 돌기 때문이라는, 맞는 말도 했다. 그러나 안타깝게도 그의 주장은, 우주의 중심에 지구가 있고 만물의 중심은 인간이라는 시각이 지배적이던 시대의 흐름에 묻혀 금세 잊히고 말았다. 지동설이 다시 대두되는 데는, 코페르니쿠스가 탄생하기까지 1800여 년의 시간이 더 필요했다.

오늘날 지동설의 영광을 독차지하고 있는 사람은 중세의

천문학자 니콜라우스 코페르니쿠스다. 그는 아주 꼼꼼한 사람이었다. 아무리 계산해보아도 지구를 중심에 두고서는 행성들의 운동을 제대로 설명하지 못하자 관측자료를 다시 분석했다. 그의 자료는 태양 중심의 지동설을 말하고 있었다. 태양이 가운데 있고 수성, 금성, 지구, 화성, 목성, 토성의 순서로 행성들이 배열되어 있다는 것도 알아냈다. 그런데, 그렇게 훌륭한 분석을 해놓고도 정작 자신의 결과를 믿지 못했다. 과학자로서 확신이 부족했던 것인지, 지동설을 주장하는 순간 시작될 교회의 탄압을 이겨낼 자신이 없었던 것인지, 그가 지동설을 기반으로 하는 자신의 연구 결과를 책으로 정리한 것은 말년의 병석에서였다. 그가 세상을 떠난 뒤에야 『천체의 회전에 관하여』가 발간되었다. 훗날, 그가 완벽하게 옳았음이 증명되고, 지동설이 널리 받아들여지고, 발상의 대전환을 촉발하는 사건을 '코페르니쿠스적 혁명'이라고 비유하는 시대가 오리라는 것을, 그는 알지 못한 채 눈을 감았다.

꼼꼼한 천문학자의 계보는 튀코 브라헤로 이어진다. 그는 많은 양의 상세한 관측자료를 남겼는데, 행성뿐 아니라 혜성의 밝기와 위치를 기록했고, 1572년 갑자기 새로운 별이 나타난 것도 발견했다. 아직 맨눈으로 밤하늘을 관측하던 시기다. 현대의 도시와는 달리 밤하늘에 별이 쏟아질 듯 많왔을 텐데, 없던 별이 생겨난 것을 알아차린단 말인가! 그가 나의 상사나 부모가 아닌 것에 감사한다. 갑자기 나타난 그 별은, 본래 잘 보이지 않는 별이었는데 수명이 다하면서 폭발해 일시적으로 밝아진 신성新星이었다.

브라헤의 관측자료는 다음 세대 천문학자 요하네스 케플러에게 넘겨졌다. 브라헤의 관측기록이 어찌나 정교했던지, 그 자료를 분석한 케플러는 행성의 공전 궤도가 원이 아니라 타원이라는 사실을 알게 되었다. 그뿐만 아니라, 행성은 태양 근처에서는 빠른 속도로 지나가고, 태양에서 멀 때에는 느리게 움직이며, 공전 궤도의 장반경이 공전 주기의 3분의 2제곱에 비례한다는 사실도 발견했다. 이 세 가지는 '케플러 법칙'으로 불리며, 천체의 움직임을 설명하는 기본 규칙이 되었다.

브라헤가 활동하던 바로 그 시기에 망원경이 등장했다. 최초로 망원경을 발명한 사람은 1608년 네덜란드의 안경 제조업자 한스 리퍼세이이지만, 이를 개량해 천체 관측에 사용한 이는 갈릴레오 갈릴레이였다. 망원경으로 목성을 관측하던 갈릴레이는 목성 주위에 네 개의 작고 밝은 점이 규칙적으로 움직이는 것을 발견했다. 오늘날 갈릴레이 위성이라고 불리는 목성의 네 위성, 가니메데, 칼리스토, 이오, 유로파였다. 지구가 아니라 목성 주위를 도는 천체가 있다니!

천동설에서는 허락되지 않는 개념이었다. 지동설의 실체가 더욱 분명하게 드러난 것이다.

갈릴레이는 '토성의 귀'도 발견했다. 육안으로는 동그랗게 보이는 토성을 망원경으로 보니 양옆에 동그란 귀가 달려 있던 것이다. 귀는 점점 작아지더니 2년 뒤에는 사라졌다가 그 이듬해 다시 나타나 갈릴레이는 혼란에 빠졌다. 물론 그것은 토성의 귀가 아니라 고리였다. 토성도 지구처럼 자전축이 기울어져 있다. 그래서 납작한 고리의 면이 넓적하게 보일 때도 있고, 고리가 우리의 시선 방향과 나란히 놓여 있어 잘 보이지 않는 때도 있다. 토성이 태양 주위를 도는 주기는 대략 30년. 토성의 고리는 7, 8년 주기로 넓게 보였다 사라졌다 한다. 2017년에 최대로 넓어졌다가 요즘은 서서히 얇아지고 있다.

위성이 목성 주위를 도는 것은 행성이 태양 주위를 도는 것과 다를 바가 없었다. 태양계 천체의 모든 궤도를 한 가지로 설명할 수 있는 공식이 드디어 등장했으니, 바로 아이작 뉴턴의 만유인력의 법칙이다. 모든 물체는 서로를 끌어당기는 힘을 갖고 있으며, 그 힘은 서로의 질량이 클수록 커지고, 거리가 멀어질수록 그 제곱만큼 작아진다. 이것은 태양계 행성뿐 아니라, 지구상의 모든 물체, 밤하늘의 모든 별, 그야말로 '만물'에 다 적용할 수 있다. 주전원 같은 군더더기가 더는 필요치 않게 되었다. 뉴턴은 반사망원경을 제작하기도 했다. 좁고 기다란 형태였던 기존의 굴절식 망원경의 단점을 보완해 렌즈 대신 거울을 활용한 것이 핵심이다. 그러면 망원경의 길이도 줄일 수 있었고, 렌즈 표면을 아주 정밀하게 가공하는 기술이 부족했던 당대에도 밤하늘의 별을 보다 선명하게 볼 수 있었다. 덕분에 후대의 사람들은 뉴턴의 제작 방식을 따라 대형 망원경을 건설할 수 있게 되었다.

반사망원경에 푹 빠진 나머지 400여 개가 넘는 망원경을 직접 만든 윌리엄 허셜은 망원경 제작 말고도 많은 업적을 역사에 남겼다. 그는 요즘 말로 '엄마 친구 아들'이라 불릴 만한데, 일단 삼십대 초반까지는 클래식 음악 연주자이자 저명한 작곡가였다. 수많은 교향곡과 협주곡을 만들었고, 연주회를 열 정도로 이름난 오르간 연주자이기도 했다. 음악 이론을 파고들던 허셜은 수학에도 관심을 갖게 되었다. 그러더니 곧 스스로 망원경을 만드는 전문 기술자가 되었고, 그 망원경을 이용해 밤하늘의 별을 체계적으로 관측하기 시작했다. 눈으로 볼 때는 별 하나처럼 보이지만 망원경으로 자세히 보면 쌍성인 별들을 수백 개나 발견해 목록으로 만들었고, 토성 너머의 또다른 행성, 천왕성을 발견했다. 토성까지는 육안으로 볼 수 있지만 천왕성부터는 너무 멀어서 망원경으로만 볼 수 있기 때문에, 인류는 망원경의 시대가 열리기 전까지는 수성, 금성, 화성, 목성, 토성이 우리 이웃 행성의 전부인 줄로만 알고 살았다. 오랫동안 이어져 내려온 점성술의 의미는 대체 어디에 있단 말인가. 천왕성의 기호에는 허셜을 뜻하는 'H'가 들어 있다.

비슷한 시기, 프랑스에서는 샤를 메시에라는 천문학자가 별이 아닌 천체의 목록을 만들고 있었다. 그는 1774년, 성운과 성단, 은하의 목록을 완성해 발표했는데, 이 '메시에 목록'은 오늘날까지도 망원경으로 밤하늘 관측하기를 사랑하는 사람들이 가장 애용하는 기본 중의 기본 자료다. 별은 아무리 큰 망원경으로 보아도 그저 밝은 점일 따름이지만, 메시에 목록에 나온 천체들은 다양한 형태를 갖고 있기 때문에 자세히 볼수록 예쁘고, 오래 볼수록 사랑스럽다.

20세기에 들어서면서, 다른 모든 자연과학과 공학이 그러했듯이 천문학의 범위 또한 대단히 확장되었다. 인류는 이제 더 먼 우주의 수많은 은하단을 발견하고, 은하의 구조와 진화를 논하고, 우주의 기원과 미래를 구체적으로 상상하게 되었다. 우주에 망원경을 띄워두기도 하고, 태양계 안의 여러 이웃들에게 수많은 탐사선을 보내고 있다. 1977년에 지구를 떠난 보이저 1호, 2호 탐사선들은 이제 태양의 영향권이 미치는 끝자락, 태양권계면 너머까지 나아갔다. 지금 이 순간에도, 보이저의 항해는 계속되고 있다. 컴퓨터 모니터 속에서 이루어지는 천문학자들의 모험도 그렇다.

잘 알려지지 않은 천문학사

오늘날 우리의 대학이라는 것은 서양의 전통을 기반으로 한다. 건물의 외형만 보아도 한옥보다는 서양식 건물이 압도적으로 많다. 집도, 직장도, 상점도 대부분 그렇듯이. 어디 건물뿐인가. 학문의 종류에 따라 학부를 나누되 전공에 상관없이 다양한 '교양' 과목을 배우게 하는 것은 오래전 태동한 서양식 대학 교육을 따르는 것이다. 우리가 '학문적' 혹은 '과학적'이라 부르는 태도, 자연과 사회, 인류를 탐구하고 그에 관해 토론하는 태도, 역시 다분히 서양식이다. 밤하늘의 별과 행성을 인간 사회에 어떤 영향을 미치거나 계시를 나타내는 존재가 아니라, 있는 그대로의 자연으로 보고 관찰하고 탐구하는 태도는 그리스시대부터 흥했던 사고방식이다.

그러나 잘 알려지지 않았다고 해서, 오늘날 전 지구에 널리 퍼져 있지 않다고 해서 동양의 사고방식이 열등한 것은 아니다. 우리나라 사람이 노벨문학상을 받기 어려운 이유가 우리말이 지구상에서 널리 쓰이는 언어가 아니라서 타국의 대중이나 평론가가 접근하기 힘들기 때문이기도 하듯이 말이다. 별자리만 해도 그렇다. 서양식 별자리는 점성술이나 이달의 운세뿐 아니라 천문학에서 공식 용어로도 쓴다. 예를 들어 우리은하 중심에 있는 블랙홀의 이름은 사지타리우스Sgr A*인데, 궁수자리에 있는 A별이라는 뜻이다. 오늘날 천문학에서 별을 부를 때는 북두칠성이 아니라 큰곰자리의 꼬리, 직녀성과 견우성이 아니라 리라자리의 베가와 독수리자리의 알타이르라는 이름이 통용된다.

그런데 동양에 살던 옛사람들도 별을 보았다. 가장 오래된 기록을 꼽는다면 고인돌을 들 수 있다. 고인돌의 덮개돌에 송송 새겨진 작은 홈은 우연히 생긴 것이 아니라 고대의 별자리를 인위적으로 표시해놓은 흔적이다. 별의 위치는 물론이고 홈의 크기를 조절해 밝고 어두운 별을 구분해놓았다. 은하수를 표시한 것도 발견된다. 제작 시기가 청동기나 후기 신석기까지 거슬러올라가는 것으로 추정되는 고인돌도 여럿 있다고 하니, 인류가 오래전부터 별을 깊이 관찰해 왔다는 점에는 동서양의 차이가 없다.

특이한 점은, 전 세계 고인돌 태반이 한반도 부근에 집중되어 있다는 사실이다. 오래전 이 땅에 살던 사람들은 별을 특히 사랑했거나, 돌을 조각하는 기술이 특히 좋았던 것 같다. 고대의 무덤 벽화에서도 별자리는 흔히 발견된다. 예를 들어, 씨름무덤(각저총)과 춤무덤(무용총) 등 고구려 고분 수십 기의 벽과 천장에 별자리가 그려져 있는데, 당시 밤하늘의 실제 별 위치가 반영되어 있다. 북두칠성, 남두육성 같은 우리 고유 별자리들이다. 고인돌의 덮개돌이나 고분 벽화에 나타나는 별자리 그림은 고고학과 천문학이 만날 수 있는 지점이기도 하고, 남한과 북한이 만날 수 있는 지점이기도 하다.

서양식 별자리는 밤하늘의 별을 88개의 구획으로 나누고, 해, 달, 행성이 지나는 길에 있는 별자리들을 특별히 황도 12궁이라고 부른다. 반면 우리 옛 선조들은 밤하늘을 세 구역으로 나누고 자미원紫微垣, 태미원太微垣, 천시원天市垣이라고 이름 지었다. 밤하늘의 중심이 되는 북극성 근처는 자미원으로 하늘의 궁궐을 감싸는 울타리다. 자미원 너머에는 정부에 해당하는 태미원, 백성들이 주로 오가는 시장에 해당하는 천시원이 있다. 해와 달, 행성들이 지나는 길에 있는 별들은 스물여덟 개의 별자리, 28수로 묶어두었고, 동방의 청룡, 서방의 백호, 북방의 현무, 남방의 주작이 각각 7수씩을 맡고 있다. 28수는 윷놀이 말판에서도 볼 수 있다. 말판을 잘 보면 한가운데 칸 주위로 28개의 칸이 둘러싸고 있는데, 이것이 북극성과 28수에 해당하는 것으로 본다.

한자 宿을 '별자리 수'로 읽는 사람은 많지 않을 것이다. 본래는 '잘 숙'자인데 동양 별자리에서 28수의 '수'자로 쓰인다. 28수는 밤하늘에서 달이 하루씩 머무는 영역을 별자리로 묶어놓은 것이다. 매일 같은 시각에 달의 위치를 관찰하면 매일 동쪽으로 옮겨가는데, 한 달이 지나면 제자리로 돌아오게 된다. 달이 하루 묵어가는 자리라서 宿자를 쓴다. 한자사전을 찾아보면 '잘 숙'과 '별자리 수'가 함께 쓰임을 알 수 있다. 별자리뿐 아니라, 별의 이름도 기존의 한자를 사용한 것이 대부분이다. 예를 들어, 동방칠수는 각角, 항亢, 저氐, 방房, 심心, 미尾, 기箕의 일곱 별인데, 한자사전에서 각이나 항자를 찾아보면 열번째쯤 항목에 '별 각' '별 항' 같은 내용이 나온다. 내 아버지는 청소년 시절 서당에 다녔는데, 그놈의 '별 무슨' 자를 외우느라 여간 고역이 아니었다고 했다. 서당이란 암기의 전당이므로 일단 외우긴 외우는데, 왜 별을 뜻하는 글자가 그렇게 많은지, 무슨 차이가 있는 건지 당최 알 수가 없었다는 것이다. 훈장님도 문과 체질이라 그런가 한문책 속 별에는 별 관심이 없으셨던 모양이다.

대학 입시 원서를 쓸 때 내가 천문학과에 가겠다고 했더니 아버지는 찬성도 반대도 하지 않고, 자신의 기억 속에서 '별 무슨' 한자들의 미스터리를 끄집어내 내게 해결을 의뢰했다. 운이 좋았다. 바로 그 해에 안상현 박사의 『우리가 정말 알아야 할 우리 별자리』라는, 우리 전통 별자리에 관한 책이 나온 것이다. 덕분에 나는 아버지의 40년 묵은 '별별 미스터리'를 해결했고, 천문학자는 돈을 못 번다는 편견 따위에 맞서야 하는 난관 없이 천문학을 배우는 학과에 원서를 쓸 수 있었다. 지금은 서양식 현대 천문학을 하느라 엄두도 못 내고 있지만, 내가 할머니가 되면 우리 고천문학古天文學 연구하시는 분들 곁에서 기웃기웃해보고 싶다.

오늘날 우리가 사용하는 만 원권 지폐의 뒷면에도 우리 전통 별자리가 나온다. 세종시대의 천문 관측기기 혼천의와 보현산 천문대 망원경의 뒷배경에 희미하게 보이는 수많은 동그라미가 바로 한반도의 옛 밤하늘을 담은 지도, 「천상열차분야지도天象列次分野之圖」다. 조선시대의 「천상열차분야지도」는 석탁본, 목탁본, 필사본 등 종류도 다양하게 여럿 전해진다. 잘나가는 집안이라면 탁본 하나씩은 갖고 있어야 폼 좀 났던 모양이다. 대개 맨 위에 이름이 크게 써 있고, 가운데에는 세밀한 천문도가, 위아래로는 설명이 빼곡하게 적혀 있다. 가장 오래된 것은 조선 개국 무렵인 태조 4년(1395)에 제작한 석각본으로, 그 크기가 가로 123센티미터, 세로 201센티미터나 된다. 고구려 혹은 고려의 석각 천문도를 복원한 것으로, 원본이 전쟁중에 유실되자 남아 있던 탁본을 가지고 다시 돌에 새겼는데, 그대로 베껴 새기지 않고 중심부를 조선 초의 밤하늘에 맞게 수정했다는 기록이 있다. 빠르게 도는 팽이의 자전축이 천천히 변하는 것처럼 지구의 자전축도 약 2만 6000년 주기로 서서히 움직이는데, 이를 세차운동이라 한다. 세차운동 때문에 수백 년에서 천몇 백 년 정도 지나면 별들의 위치가 천문도와 맞지 않게 된다. 거꾸로 말해, 천문도를 업데이트했다는 것은 대략 천년쯤 전에도 품질 좋은 천문도를 갖고 있었다는 게 아닌가! 중국, 일본에도 유사한 천문도가 전해지는데, 그 후예들이 동의할지는 모르겠지만 우리 것이 가장 정교하다고 알려져 있다. 별의 밝기에 따라 크기를 다르게 표시하고, 별들의 위치도 시대에 맞게 개정하는 등 우리 선조들은 천문도에 꽤나 집중했던 것으로 보인다. 탁본은 흑백이지만, 필사본은 은하수를 하늘색으로, 별은 밝기에 따라 여러 가지 색으로 칠해 아름답게 꾸민 것도 여럿 전해진다.

재밌는 것은, 「천상열차분야지도」 석각을 새기는 일이 국가의 중대사였다는 점이다. 전쟁중에 원본이 유실되자 남아 있던 탁본을 가지고 다시 석각으로 만든 것도 태조가 명했기 때문이다. 633년 무렵, 그러니까 신라의 선덕여왕도 천체 관측시설을 건설했다. 첨성대는 가운데에 난 창으로 들어가 꼭대기에 얹어진 네 귀퉁이를 기준 삼아 하늘을 관찰한 현장이고, 현존하는 세계 최고最古의 천문대다.

사실 유사 이래 천문학에 있어 동서양의 가장 큰 차이는 주체에 있다고도 할 수 있다. 서양은 개개인이 관측하고 기록을 남긴 데 반해, 동양, 특히 우리의 천문 관측과 기록은 국가가 주도했다. 그래서 천문 기록이 역사서 속에 등장한다. 『조선왕조실록』은 물론 더 오랜 기록인 『고려사』에도 태양의 흑점과 오로라의 기록이 나오는데, 이를 분석해보면 태양의 활동이 활발해졌다 줄어들었다 하는 11년 주기와 일치한다. 태양 활동이 활발하면 태양 표면에 나타나는 흑점의 개수도 늘어나고 크기도 커진다. 오로라도 자주 나타나고 중위도까지 내려오기도 한다. 오로라 발생에 영향을 미치는 흑점은 눈으로도 보이기 때문에 시대를 불문하고 관측기록이 많이 남아 있는데, 조선의 기록까지 합치면 오로라 기록 건수가 700회를 넘는다. (아마도) 지구상에서 오직 우리만 가진 놀라운 자산이다. 태양의 11년 주기는 서양에서 19세기 들어서야 발견되었다. 기록은 우리가 한참 앞섰는데 말이다. 타임머신을 타고 조선 초기로 돌아가 고려의 흑점 기록을 분석해 일찌감치 온 세상에 알릴 수 있다면 얼마나 좋을까.

핼리혜성은 동서양을 막론하고 역사 기록에서 자주 등장한다. 워낙 밝은데다 꼬리도 길어서 밤하늘에 일단 나타나기만 하면 뭇사람들에게 강렬한 인상을 남겨, 역사서뿐 아니라 옛사람들의 그림이나 태피스트리로도 남아 있다. 재밌는 것은 이 혜성이 76년마다 지구 근처로 돌아온다는 사실을 우리가 알고 있기 때문에, 이 혜성을 기록한 예술작품의 연대를 추정하기 좋다는 점이다. 역사서에서 가장 오래된 기록은 중국 진시황시대인 기원전 240년까지 거슬러올라간다. 사마천의 『사기』 중 『진시황본기』를 보면, 진시황 7년에 혜성이 처음에는 동쪽에서 나와서 북쪽에서 보이다가 5월에는 서방에서 보였다彗星先出東方, 見北方, 五月見西方는 기록이 나온다. 바로 다음에 장군 몽오가 죽어將軍蒙驁死 병력을 재배치했다는 내용이 이어진다. 다음 기록은 혜성이 나중에 서쪽에서 보였고彗星復見西方十六日, 하태후가 사망했다夏太后死는 내용이다. 아주 밝고 꼬리가 긴 혜성이 나타난 사건은 진시황이 아끼던 장군과 어머니를 연달아 잃는 비극과 연관이 있는 것처럼 보였을 것이다.

우리나라 사료에서 확인되는 가장 오래된 핼리혜성 기록은 『고려사』에서 시작한다.

> 성종 8년(989) 9월 갑오일에 혜성彗星이 나타났다. 왕이 대사大赦를 실시하고 자기를 반성하고 행동을 조심하였으며 노약자老弱者를 원호하고 외롭고 헐벗은 사람을 구제하였으며 공훈이 많은 낡은 사람을 등용하고 효자孝子와 절부節婦를 표창하였으며 세금 범포한 자를 용서하고 체납한 세금을 경감하였더니 혜성이 재앙으로 되지 않았다.

이 기록을 시작으로 조선시대 말인 1835년까지 핼리혜성이 76년 주기로 지구 근처를 지날 때마다 관측한 기록이 남아 있다. 혜성뿐 아니라 초신성, 일식과 월식, 오로라, 행성들의 움직임은 물론 매일의 기상 상태와 지진, 가뭄 등의 이상 현상을 아주 오랜 세월 체계적으로 관찰하고 기록해왔다. 자연을 이용하는 시계장치와 정교한 관측기기도 만들었다. 그런 흔적들을 만 원권 지폐의 배경 그림에서 만날 때마다 한편으로는 자랑스럽지만 다른 한편으로는 착잡하다. 지폐 하나에 천문학 관련 아이템이 셋씩이나 새겨진 나라는 많지 않다. 해외 학회에서 만난 다른 나라 연구자들에게 지폐를 자랑하면, 한국 사람들은 천문학에 무척 관심이 많고 지폐에 새길 만큼 중요하게 여기나보다 하는 말을 듣는다. 내 머릿속에서는 '그런가?' 하는 의문이 떠오른다. 동양의, 우리나라의 멋진 천문학사를 오늘날 우리는 어떻게 평가하고 있을까. 천문학자가 되고 싶다는 고3 학생에게 우리는 어떤 시선을 보내는가. 「천상열차분야지도」 그림이 새겨진 티셔츠와 NASA 로고가 붙은 티셔츠를 판다면 어느 것이 더 잘 팔릴까?

지나간 일은 지나간 대로다. 이제부터 덧붙여질 한국 천문학사는 더욱 다채롭고, 그 가치를 널리 인정받고, 더 많은 사람의 환호와 함께 계속되기를.

4부

우리는 모두 태양계 사람들

안녕, 고리롱

인류는 언제부터 밤하늘의 별을 올려다보았을까? 고인돌에도 별자리가 새겨져 있고, 구석기시대의 동굴 벽화에도 별이 그려져 있다고 한다. 하긴, 별을 보지 않을 수가 없었을 것이다. 원시 인류는 가로등도, 상점 간판의 불빛도, 자동차 헤드라이트도 없는 칠흑 같은 밤하늘을 매일 밤 보았을 테니까. 아니, 별이 쏟아질 듯해서 칠흑 같지 않은, 온통 블링블링한 밤하늘을 보았겠지. 노곤한 하루를 마치고 나면, 그들은 서로의 체온에 의지하며 잠시 하늘을 올려다보았을까. 우리처럼 '인류'가 되지 않고 조금 다른 진화의 길을 따라간 영장류도 별을 볼까. 침팬지, 오랑우탄, 고릴라도 빼곡하게 들어찬 수많은 별로 눈부신 밤하늘을 바라보며 생각에 잠기는 때가 있을까? 동물원 안에서도 별을 볼 수 있다면, 조금 밝혀줄 수 있을까, 동굴 같은 사육장의 밤도, 그 안에 갇힌 삶도.

∘∘∘

고리롱의 죽음을 기억한다. 지난 2011년, 서울대공원의 로랜드고릴라 하나가 사망했다. 언제 어디서 태어나 어떻게 부모와 고향을 떠나왔는지는 아무도 모르지만, 아직 아기였던 시절 창경원으로 온 뒤 43년을 한국에서 살았다. 로랜드고릴라의 평균수명이 40년가량이라고 하니, 누군가는 고리롱이 장수한 끝에 노환으로 생을 마감한 것은 썩 괜찮은 마지막이었다고 할 수도 있을 것이다.

나는 고등학생 때 종종 이 로랜드고릴라를 보러 갔다. 학교에서 서울대공원까지는 지척이었다. 평범한 인문계 고등학생이라면 너나없이 밤 열시까지 학교에 붙들려 있던 시절이었다. 정규수업이 끝나고 야간자율학습이 시작되기 전, 학교를 몰래 빠져나와 조용한 둘레길을 살살 걸어가면 아직 문을 닫지 않은 동물원에 도착할 수 있었다. 아무렇지도 않은 평일 저녁의 동물원. 동물들은 이미 대부분 실내 사육장으로 옮겨진 뒤여서 흡사 텅 빈 듯 적막이 감돌았다. 내 발걸음 소리 뒤로 알 수 없는 동물의 길고 낮은 울음소리가 헛헛하게 퍼져나갔다.

전철로 40분 거리에 있는 고등학교에 원서를 낸 건 일종의 도박이었다. 아침 6시 21분 전철을 타야 0교시 시작 전에 도착할 수 있었다. 매일 같은 전철에 타는 사람들은 약속이나 한 듯 늘 같은 자리에 앉았다. 내 자리는 3량 두번째 문 오른쪽 끝이었다. 반 아이들은 대부분 입학 전부터 서로 아는 사이였고, 나처럼 쓸데없이 멀리서 온 극소수의 학생들은 그 틈을 파고들어가기 위해 고군분투했다. 아는 사람 하나 없으니 내 못난 성격을 통째로 바꿔 멋진 사람으로 탈바꿈할 절호의 기회인 줄 알았는데, 구체적인 실현 방법은 하나도 떠올리지 못했다. 6시 21분 전철을 놓치거나 졸다가 제때 내리지 못하고 아침부터 대공원역까지 갔다 온 날이면 담임선생님은 우리집 근처 고등학교들의 이름을 줄줄 읊어주었다. 인생에도 '문제은행'이 있기를 간절히 원했지만, 태어난 이래 단 한 번도 삶은 뻔한 적이 없었다. 모든 게 낯설었던 그 도시에서 아는 곳이라고는 어릴 적 가본 동물원뿐이었다. 전철을 타지 않아도 닿을 수 있는 곳.

입구에서 조금만 걸어가면 유인원사였다. 침팬지, 오랑우탄, 여러 종류의 크고 작은 원숭이, 그리고 나. 다른 관람객은 모두 빠져나가고 유인원만 가득한 실내 사육장에 들어서면 뒷덜미가 서늘해졌다. 다윈이 말한 생명나무의 같은 가지에서 비교적 최근에 갈라져 각자 진화해온 종들이 한곳에 모여 있는 자리. 나는 유리벽 밖에 꼼짝 않고 선 채로, 그들은 유리벽 안에서 부산스럽게 이리 뛰고 저리 뛰고 소리를 질러대면서 서로를 응시하던 시공간.

그곳에 로랜드고릴라가 있었다. 녀석은 사육장을 당장이라도 깨부수고 뛰쳐나올 것처럼 미친듯이 돌진해 유리벽에 몸을 던지고, 영화 속 킹콩처럼 사육장 안을 폭주했다. 앉아 있기에도 비좁아 보이는 작은 공간 속을 거대한 고릴라가 하염없이 뛰고, 부딪고, 달렸다. 녀석이 바로 내 눈앞에서 발악을 시작하면 그와 나 사이를 가로막은 투명한 장벽 정도는 가뿐하게 산산조각이 나버릴 것 같은 공포가 나를 사로잡았다. 그가 내게 달려들어 내 육신을 갈기갈기 찢어 헤치는 장면이 머릿속에서 자동으로 재생되면 숨도 제대로 쉴 수 없었다.

그 생생한 공포의 끝자락에는 우울이 묻어나왔다. 갈 곳이 있어도 갈 곳을 잃은 것과 다름이 없던 고등학생처럼, 폭주하는 고릴라 역시 거기에 머물고 있으면서도 어디에도 머물지 못하는 것 같았다. 유인원사에 울려퍼지던 기괴한 포효 소리, 그 큰 덩치로 온몸을 유리벽에 던질 때마다 강한

진동으로 전해지는 쿵쿵 쾅쾅 소리. 나는 그 앞에 조금 비켜서서, 동물과 동물원과 세상살이와, 공포와 불안과 분노와 우울과 텅 빔과 쓸쓸함 같은 것들에 대해 많은 생각을 얻고, 또 많은 생각을 비워냈다. 쓸쓸함과 무시무시함이 교차하던 저물녘의 유인원사는 오래도록 내 기억 속에 남아 있다.

나는 고색창연하고 을씨년스러운 동물원을 좋아한다. 동물원은 쓸쓸할 수밖에 없다. 내가 '인류원'에 들어가 있다면 그럴 것처럼. 커트 보니것의 『제5도살장』에 그런 사람이 나온다. 주인공 빌리는 외계인에게 납치되어 트랄파마도어 행성의 동물원에 갇힌다. 지구의 인간 서식처를 그대로 재현했지만 화장실만은 완전히 노출된 공간에서 알몸으로 전시된 채로 먹고, 싸고, 씻는다. 수천의 트랄파마도어 관람객은 그의 몸을 관찰하고 그의 행동마다에 환호한다. 그들은 남성인 빌리와 합사시킬 여성 지구인을 하나 더 납치해온다. 빌리는 인공 서식처에서 '짝짓기'에 성공하고, 동물원 안에서 아이가 나고 자란다. 동물원에 '전시된' 동물을 한껏 가련하게 여기면서도 자꾸만 찾아가서 기꺼이 관람객이 되는 나는 트랄파마도어에서 온 이기적이고 비겁한 사랑꾼이다.

서울대공원에는 꼬마라는 이름의 말레이곰이 있다. 언젠가 탈출해 청계산을 누비고 돌아다니다 어렵게 되잡아온 말레이 꼬마. 나는 그 녀석이 태어난 지 얼마 안 됐을 때, 한 배에서 난 형제와 함께 엄마를 타고 놀던 모습을 기억하고 있다. 엎어지고 넘어지고 구르면서도, 자기가 있는 곳이 동물원이라는 것을 모르는 채 부산스럽고도 즐겁게 노느라 정신없는 꼬마를 보며, 아기란 저런 것이구나 했다. 매우 귀찮아하면서도 이따금 제 새끼들을 핥아주는 어미 곰을 보며 부모란 저런 것이구나 했다. 꼬마는 자기가 있는 곳이 동물원이라는 것을 인지해서 탈출했던 것일까? 대전 오월드에서 탈출했던 퓨마 뽀롱이는 분류상 '맹수'에 속한다는 이유로 발견 직후 사살되었다. 고리롱이 사육장 밖으로 나섰다면 어땠을까. 그는 세상을 한번쯤은 들었다 놨겠지. 내 머릿속은 자유니까, 상상 속에서 그에게 자유를 주어본다.

창경원 시절에 한국에 와서 오래오래 살다 죽은 고리롱이 고릴라치고는 천수를 누렸다고들 하지만 사실 그의 저물녘은 편치 않았다. 로랜드고릴라가 멸종위기종으로 지정되는 바람에 더이상은 야생에서 데려올 수 없게 되자, 이들을 확보하고 있는 동물원이라면 어디나 번식에 관심을 가졌다. 서울대공원에서도 고리롱을 젊고 적극적인 암컷과 맺어주기 위해 갖은 노력을 기울였다. 보양식을 해 먹이고 도움이 된다는 약을 먹이거나 다른 고릴라의 짝짓기 영상을 보여주기도 했다지만 아무런 효과도 없었다.

고리롱의 죽음을 알리는 기사에는 '결국 후손을 얻지 못한 채로 죽고 말았다'는 내용을 반드시 포함해야 한다는 강령이라도 내려온 것 같았다. 그가 우리나라 동물원 역사에 있어 어떤 존재인지, 전 세계 동물원의 로랜드고릴라 역사에 있어서는 어떤 존재인지, 사람들은 그를 어떻게 기억하는지는 알 수 없었다. 그가 동물원에서 인기리에 '전시'된 개체로서 어떤 볼거리를 제공했는지를 조명하거나 그의 사망을 깊이 애도하는 기사는 드물게 읽혔다. 부고 기사 제목은 「'야동 보는 고릴라' 고리롱, 49세 노환 사망」이었다. 얄궂은 생이다.

다큐멘터리 속 고릴라를 마주할 때면, 고리롱이 고향에 계속 머물렀다면 그의 삶이 어땠을까 상상해본다. 낮에는 그 우람한 몸매와 끝없는 용맹의 위엄을 떨치고, 밤에는 설핏 잠을 깨어 쏟아지는 별을 보았을까. 이따금씩 커다란 유성이 하늘을 가로지르면 눈을 동그랗게 뜨고 손가락을 들어 별똥별이 지나간 찰나의 길을 따라 허공을 그어보았을까. 나는 그의 말년을 잠시 엿보았을 뿐이지만, 그는 진정 멋지고 상대에게 경외감을 심어주기에 충분한 최고의 수컷이었다. 어쩌면 하늘의 별이 되었을, 안녕, 고리롱.

플라이 미 투 더 문

어릴 적 나는 피아노학원의 최고참 언니를 동경의 눈길로 바라보곤 했다. 초급자용 『바이엘』이나 겨우 띵똥거리던 내게는 『체르니 40』쯤은 거뜬히 치는 언니가 거의 세계 최고의 피아니스트처럼 보였다. 그 언니가 매일같이 연습하던 곡은 와이먼의 〈은파銀波〉였다. 태권도를 처음 배우면 달마다 바뀌는 허리띠 색으로 실력을 가늠하듯이, 피아노 초보들 사이에서는 "너 〈은파〉 칠 줄 알아?" 하면서 서로의 실력을, 혹은 각자 자기가 다니는 피아노학원의 선배들을 자랑하곤 했다. 그러니까 제목은 아주 잘 알았지만 '은파'라는 단어의 뜻은 생각해본 적도 없었다.

달빛을 받아 반짝이는 은빛 물결. '은파'는 그런 뜻이다. 푸른 여름의 밤바다 위로 밝은 보름달이 고요히 떠오르면 연인들은 그 달빛 아래에 앉아 달이 아름답다고 서로에게 속삭이겠지. '당신을 사랑합니다'라는 말을 '달이 아름답네요'로 번역했다는 작가 나쓰메 소세키의 일화를 주고받으면서.

달을 연구하는 사람이 되고 나서부터는 달을 바라보노라면 달이 그렇게 아름다운가 하고 다시 한번 생각하게 된다. 달에는 풍찬노숙의 역사가 담겨 있다. 대기와 자기장에 포근히 싸여 있는 지구와는 달리, 달은 어떠한 보호막도 없이 따가운 햇살을 그대로 받아내야 하는 곳이다. 우주에서 날아오는 크고 작은 돌덩이가 지구에서는 아름다운 빛의 궤적을 남기며 별똥별이 되어 타오르지만, 달에서는 여과없이 그대로 땅바닥에 처박힌다. 지금은 그런 유성이 가끔 하나씩 떨어지지만, 아주 오래전으로 거슬러올라가면 달은 그렇게 조용하지 않았다.

시작부터 그랬다. 먼 곳에서 날아온 커다란 소행성이 지구와 충돌하면서 달이 생겨났다. 날아온 소행성도 거기에 부딪힌 지구의 일부도 산산조각이 났다. 조각들은 멀리 가지 못하고 지구 주위를 맴돌다가 서로 얽히고설켜 달의 씨앗이 되었다. 굴릴수록 불어나는 눈덩이처럼 씨앗은 남은 조각들을 주워 삼키며 커다란 달로 자라났다. 이번에는 또다른 소행성이 날아와 달에 부딪혔다. 한 개, 두 개, 열 개…… 수없이 이어진 충격으로 달은 온통 불덩이가 되었다. 여러 개의 화산이 동시다발적으로 터진 것처럼 땅 밑 여기저기에서 용암이 흘러나왔다. 소행성들의 대습격이 잠잠해지고 나서야 달은 천천히 식어 오늘날 우리가 보는 형태를 갖출 수 있었다. 거대한 불바다를 이루었던 용암은 서서히 식으면서 제주도 현무암처럼 검은 땅이 되었다. 오늘날 우리가 '달의 바다lunar maria'라고 부르는 어둡고 평평한 지역에 불지옥 시절의 흔적이 고스란히 담겨 있음을 알고 나면, 그 무늬를 보고 토끼가 방아를 찧는다는 둥, 사람의 얼굴이라는 둥, 물 긷는 여인이라는 둥 하며 낭만적인 상상만 해도 되는 걸까 싶을 때가 있다.

달은 우리 인류의 오랜 벗이었다. 농업사회의 기본이 되었던 음력, 정월대보름, 한가윗날 밝은 달 아래 너나없이 손잡고 도는 강강술래, 그리고 수많은 옛이야기의 주인공이었다. 하얀 쪽배를 타고 은하수를 건너 달에서 떡방아를 찧는 토끼, 해와 달이 된 오누이, 불개가 먹었다 너무 차가워 뱉은 달, 연오랑과 세오녀가 떠나자 사라졌던 달, 노피곰 도드샤 머리곰 비치오시는 정읍사의 달, 산허리를 가득 메운 메밀밭에 소금을 뿌린 듯 흐뭇한 달빛……

그 오랜 벗의 품에 우리는 다시 한번 안겨보려 한다. 1969년엔 달에 첫걸음을 내딛는다는 그 자체만으로도 우주 탐사의 커다란 상징이었다면, 21세기의 달 방문은 완전히 새로운 이야기다. 지구를 떠난 우주인은 달 궤도 근처에 띄워둘 새로운 우주정거장까지 가서 그곳에서 잠시 머물며 다시금 채비를 갖춰 달 표면에 다녀올 것이다. 필요한 부품을 하나씩 가져다두어 기지를 세우고 그렇게 세운 달 기지를 우주 탐사 출발역으로 삼을 수도 있다. 중력이 지구에서보다 여섯 배나 작으니까 더 적은 에너지로도 달의 중력을 벗어나 우주로 향할 수 있다. 어쩌면 멀고 먼 화성까지 가기 위해서는 지구에서 화성을 향해 바로 출발하는 것보다 달 기지에서 환승하는 편이 더욱 안전하고 경제적이라고 말할 수 있는 시기가 멀지 않았는지도 모른다.

달에서 살게 된다면 어디가 좋을까? 옥토끼가 사는 앞면이 좋을 것이다. 달의 뒷면에는 검은 바다가 없다. 지구에서 보이는 달처럼 얼룩덜룩한 무늬도 없이 밝은 회색빛의 고원 지대만이 끝없이 펼쳐져 있다. 대충돌 시기에 용암 위를 둥둥 떠다니던 지각이 보글보글 끓는 찌개의 거품처럼 달의 뒤편으로 밀려난 상태로 서서히 식어 오늘날의 달 지형이 완성되어서다. 달의 뒷면에 없는 것은 또 있다. 지구다. 지구에서 달의 뒷면을 볼 수 없듯이, 달의 뒷면에서도 지구가 보이지 않는다. 지구와의 통신도 수월치 않다. 통신 중계 역할을 하는 위성을 거쳐서만 겨우 통신할 수 있기 때문에 통화 품질도 좋지 않고 시간 지연도 길어진다. 달 기지 건설이 호황을 맞아 여기저기에 수많은 달 기지가 생긴다면 앞면과 뒷면 중 어느 지역의 부동산에 먼저 투자해야 하는지는 명백하다.

달의 앞면에선 늘 지구가 보인다. 하늘의 어느 한쪽에 거대한 파란 보석 같은 지구가 떠 있다. 지구는 달보다 네 배나 크다. 다시 말하면 달에서 보는 지구는 우리가 지구에서 보는 달보다 네 배나 큰 것이다. 그렇게 거대한 지구가 떠 있는 하늘을 가질 수 있다니, 숨쉴 공기도 없고 먹을 유기물질도 없는 척박한 그곳으로 당장이라도 날아가고 싶은 심정이 든다. 게다가 달에서 보는 지구는 마치 선반에 올려놓은 오르골 장식품처럼 달 하늘 어딘가에 떠서 제자리에서 천천히 돈다. 낮에도 밤에도 여름에도 겨울에도 지구의 위치는 거의 변하지 않는다. 달에 집을 짓는다면 지구로 향하는 창을 낼 것이다. 창문이 곧 생동하는 액자가 될 테니.

달은 우리의 오랜 벗이면서, 자주 이용당하기도 했다. 냉전시대에는 특정 국가의 우월성을 과시하는 데 쓰였고, 과학 목적의 달탐사시대에는 우주와 태양계라는 대자연을 이해하기 위한 견본으로 쓰였다. 이제 우리는 또다시 달을 이용하려고 한다. 달을 중간기지로 삼아 화성으로, 그리고 더 먼 우주로 나아가려 한다. 지구에서는 희귀하지만 달에는 지천에 널려 있는 광물을 캐와서 상업적 이익을 얻으려고도 한다. 언젠가 달 광물로 만든 부품이 들어간 휴대전화가 나올지도 모른다.

다시 우주인이 달 표면에 발자국을 남길 날이 머지않았다. 이번에는 더 많은 발자국이 더 멀리까지 찍힐 것이다. 그리고 또 새로운 발자국으로 덮일 것이다. 달을 바라보는 우리의 마음속에도 어지러이, 신화에서부터 휴대전화 부품에 이르기까지, 달에 대한 수만 가지의 생각이 싹틀 것이다. 보라, 지금 당신의 마음속에도 벌써 달 생각 새싹이 쏘옥 고개를 내밀었다.

화성에서 만나요

어느 여름날 경남 김해의 한 초등학생이 메일을 보내왔다. "달에 가려면 어떻게 해야 하나요? 우주로 가려면 정신력도 강해야 하고 신체적으로도 강해야 한다는 점은 알고 있습니다." 나는 달은커녕 김해에도 가본 적이 없다는 것을 말해주면 한낮의 무더위에도 과학 시간을 뜨겁게 달구었을 그 열정이 사그라들어버릴까. 인류 역사상 달 표면에 발을 디뎌본 사람은 열두 명에 지나지 않는다. 그나마도 1972년의 아폴로 17호를 마지막으로 '유인 달 탐사'는 중단된 상태다. 숨쉴 공기도 없고 마실 물도 없는 곳. 설혹 물이 있다고 해도 단숨에 끓어버릴 만큼 뜨거운 낮과 질소도 얼어버릴 차

가운 밤이 보름마다 반복되는 곳. 그곳에 가보겠다는 꿈은 이제 상상 속에서나 가능한 것일까? 그럼에도 불구하고 우리는 달에 가고 싶다. 그리고 화성에도.

아니, 잠깐. 조금 오래 머무르기에는 화성이 더 나을 수도 있다. 달에서 일교차가 300도가 넘는 이유는 낮과 밤이 각각 보름씩이나 되기 때문이다. 반면 화성에서의 하루는 24시간 37분. 주당 52시간의 근로기준법을 그대로 적용해도 될 정도다. 자전축이 25도 기울어져 있어 지구와 비슷한 계절이 있지만 한 해가 1.9배로 느릿느릿 흘러가는 곳이라 여름휴가도 1.9배로 길어질지 모른다. 적도의 여름 한낮이면 영상 20도, 극지방의 겨울밤이라 봐야 영하 140도다. 온도의 범위가 지구에서와 비슷하다면 우리가 지구에서 개발하는 기계장치도 잘 작동할 것이다. 무엇보다도 인간을 위한 보호장구가 좀더 간단해진다.

그런데 물이 있어야 산다. 화성에서 물을 찾으려면 어디로 가야 할까? 이 질문은 대학 행성천문학 기말시험의 단골 문제인데, 정답부터 말하자면 극지방이다. 물과 이산화탄소의 얼음으로 된 거대한 극관이 있으니 그 얼음을 녹여 물을 뽑아내는 것이다. 그다음 학기부터는 이 문제의 정답이 좀더 길어진다. 얼마 전 이탈리아 국립천체물리연구소의 연구진이 화성 남극의 얼음층 밑에서 액체로 된 거대 호수를 찾았다고 발표했기 때문이다. 한 가지 문제는 얼음층을 1.5킬로미터나 뚫고 들어가야 한다는 것인데, 우리는 이미 남극의 얼음층 800미터 아래에서 호수의 물을 떠온 전적이 있다. 화성 이주 선발대로 뽑히고 싶다면 얼음 시추장비 다루는 법을 배우는 것도 도움이 될 것이다.

공기는 또 어떤가. 달과는 달리 화성에는 대기가 조금 있다. 지구 대기에 비하면 백분의 일 정도지만 바람도 불고 때로는 모래 폭풍이 일기도 한다. 폭풍이 한차례 휩쓸고 지나가면 모래 언덕의 위치가 바뀔 정도다. 덕분에 화성에서는 기지 내의 압력을 유지하기가 좀더 쉽다. 기지 밖으로 나갈 때 필요한 우주복의 압력유지장치도 좀더 간편해진다. 대기는 이산화탄소 투성이인데다 태양 자외선을 막아줄 오존층도 없고 우주 방사선을 막아줄 자기장도 미약하니 기지 밖에 나갈 때는 반드시 우주복을 입고 산소 탱크를 메야 한다. 2018년 방영된 예능 프로그램 〈갈릴레오: 깨어난 우주〉에서 보여준 화성사막연구기지MDRS에서처럼 말이다.

화성사막연구기지는 항공우주 엔지니어 로버트 주브린이 1998년에 설립한 비영리단체 마스 소사이어티Mars Society가 기부금으로 운영하고 있다. 주브린은 오래전부터 화성에 갈 수 있는 유인 우주선을 계획하며 미항공우주국과 협력하고 있다. 그러나 사람이 화성에서 신체적 정신적 건강을 유지하며 천수를 누리거나, 여차하면 지구로 돌아올 방법도 아직 보장되어 있지 않다는 지적 때문에, 정부기관인 미항공우주국은 유인 탐사에 선뜻 나서지 못하고 있다.

조금 더 적극적인 유인 화성 탐사 준비대로는 네덜란드의 비영리단체 마스 원Mars One이 있다. 탐사 로버rover와 주거용 시설을 미리 보내 거주환경을 갖춰둔 뒤 2026년부터 스물네 명을 화성행 편도 여행길에 보낸다는 계획이다. 소식을 늦게 들어 지원하지 못했다고 아쉬워할 필요는 없다. 사실 마스 원은 화성에 갈 로켓이나 우주선을 갖고 있지 않아서, 이 계획이 실현되려면 다른 회사에서 빌려와야 할 형편이다. 예를 들면 일론 머스크의 스페이스엑스 같은 회사 말이다.

내게 메일을 보낸 김해의 초등학생은 스페이스엑스의 로고를 잘 봐두기를 바란다. 이 학생이 성인이 되었을 무렵, 화성에 첫 유인 탐사대가 도착한다면 바로 그 로고가 새겨진 우주복을 입고 있을 가능성이 크다. 스페이스엑스는 궤도 로켓 발사 후 발사체를 지상에, 발사 직전의 바로 그 위치와 자세로 다시 착륙시키는 데 수차례 성공했다. 돌아오는 즉시 재발사 준비를 할 수 있는 것이다. 이전까지의 발사체는 로켓을 힘차게 쏘아 올리는 역할을 다하고 나면 분리되어 바다로 떨어지는 토사구팽의 운명을 면치 못했지만,

스페이스엑스의 발사체는 폐기되기 전까지 천 번씩 우주를 드나들게 된다.

화성까지 가는 데 필요한 연료의 양은 어마어마하지만, 스페이스엑스는 그걸 다 싣고 떠날 걱정은 하지 않는다. 과거 미항공우주국의 달 탐사에 쓰인 새턴 5호 로켓보다 조금 큰 규모의 로켓인 BFR로 화성까지 갈 요량이다. 연료를 덜 채워 가벼운 상태의 BFR을 지구 궤도에 올려놓고, 발사체가 연료 탱크를 싣고 몇 번이나 지구와 로켓 사이를 오가며 급유한다는 것이다. 연료가 충분해지면 BFR은 누구보다 빠르게 화성까지 날아간다. 착륙할 때는 지구에서 여러 번 보여주었던 초음속 역추진 방법으로, 마치 발사 장면을 거꾸로 되감듯이 하늘을 향해 바로 선 자세로 착륙한다. 최초의 BFR 몇 대는 싣고 간 부품들과 함께 화성 기지의 일부로 사용하다가 현지에서 연료를 구할 수 있게 되면 지구로 돌려보낸다는 것이 스페이스엑스의 꿈이다. 아니, 이제는 꿈보다 계획에 더 가까워진 것 같다.

딸이 유치원에 다닐 때 일이다. 같은 반 친구가 이웃 도시로 이사해서 이제 만날 수 없다고 하기에 우리가 놀러 가면 된다고 위로했더니 "하지만 우주선 타고 너무 멀리 가는 거 아니야?"라고 했다. 친구가 이사 간 곳은 경기도 화성시. "아, 그렇구나. 너무 멀어서 못 가겠다" 하고 대충 대꾸했는데, 이제 그 대답은 고쳐주어야겠다. 나중에 어른이 되어 정말로 그곳, 화성에서 만날 수도 있다고.

명왕성이 사라졌다

영화 〈마션〉의 주인공 마크 와트니는 동료들과 함께 유인 화성 탐사에 나섰다가 불운한 사고로 홀로 화성에 낙오된다. 참담한 상황에서도 마크가 유머를 잃지 않으며 오래 생존할 수 있었던 데는 동료의 개인 물품 속에서 찾아낸 USB 메모리 속 음악 파일이 큰 역할을 했다. 1970년대 디스코 음악만 잔뜩 골라둔 동료의 음악 취향에 질색하면서도 그는 시종일관 음악을 들으며 공포와 우울과 고독을 버텨낸다. 다른 행성에 가본 적은 없어도, 낯선 타지에서의 두려움과 떨림, 떠나서 머무르고 되돌아오는 행위 자체에서 오는 피로를 음악으로 달래본 경험은 많다.

미항공우주국이 달로 향하는 우주비행사를 위해 음악 재생목록을 준비하는 것도 같은 이유에서일 것이다. 수십 년 만에 다시 달에 사람을 보내는 '아르테미스 프로젝트'를 위해 미항공우주국은 여러 가지 음악을 골라두었다. 선곡 과정에서 지구인들의 추천도 받았는데, 가히 지구 최강이라 할 만한 팬덤을 보유한 BTS의 곡이 일찌감치 우주 디제이의 목록에 올랐다. 단순히 다수결에 의한 결정은 아니었다. 많은 후보곡 가운데 〈소우주〉와 〈134340〉, 그리고 멤버 RM의 〈문차일드〉. 이렇게 우주를 소재로 한 노래들이 선택되었다.

〈소우주〉와 〈문차일드〉는 제목부터 '우주적'인데 〈134340〉은 무엇인가. 이 번호는 다름 아닌 명왕성의 또다른 이름이다. 본래 태양계의 마지막 행성이었다가 2006년 8월 국제천문연맹IAU 투표 결과에 의해 왜소행성으로 분류되는 바람에 '수금지화목토천해'까지 읊은 다음 잠시 숨을 멈추게 만드는 바로 그 명왕성이다. 행성보다 작은 소행성, 왜소행성들은 번호가 공식 명칭이다. 대개는 번호만으로 부르고, 별도의 이름이 있는 경우는 번호 뒤에 이름을 붙여 부른다. 그래서 이제 공식적으로는 명왕성을 '134340 명왕성'이라고 표기한다. 어린 시절, 태양계 행성의 이름 앞글자만 따서 '수금지화목토천해명' 순으로 외웠던 사람들에게 마지막의 '명'을 묵음으로 처리해야 하는 당혹의 시대가 시작되었다. 분명 행성이라고 배웠는데 이제 와서 아니라고 하지를 않나, 지구의 세차운동 때문에 황도 12궁이 13궁으로 변해서 생일 별자리가 바뀔 거라는 흉흉한 소문이 돌지를 않나, 하늘에 있는 것은 영원히 변치 않을 줄 알고 이 별은 너의 별, 저 별은 나의 별 하며 갖은 맹세를 다 했건만 천상의 세계도 변한다니 이 무슨 변고인가.

고대의 인류도 하늘을 올려다보았을 것이다. 해가 이끄는 시간을 따라 생활하고, 별 사이를 천천히 가로지르는 달을 눈으로 좇고, 혜성이 나타나면 경외의 눈으로 바라보았을 것이다. 그때도 명왕성은 제 궤도를 묵묵히 돌고 있었다. 우리가 행성이라 부르든, 왜소행성이라 부르든, BTS가 명왕성의 번호 134340을 노래하든 말든 개의치 않고. 우주는 여전히 자연 그대로인데, 우리가 밤하늘을 바라보는 방식이 달라지고, 교과서의 천문학 단원도 개정을 거듭한다. 대체 행성이란 무엇이기에 명왕성을 따로 떼어야 한다는 것인가. 명왕성 탐사선 뉴호라이즌스호는 이미 명왕성을 향해 지구를 떠나 긴 항해를 시작한 뒤였다. 뉴호라이즌스 탐사선을 운용하고 있는 천문학자들은 여전히 명왕성이 행성이라고 주장한다.

'행성이란 무엇인가' 하는 질문은 이제 천문학적 정의의 문제를 넘어서, 철학적 사유를 이끌어내는 주제어로도 꽤 잘 어울린다. 〈명왕성〉이라는 제목의 영화가 있는 것만 봐도 그렇다. 명문 사립고 학생인 주인공은 친구들의 비밀 스터디 그룹에 들어가고 싶지만, 비윤리적인 입단 테스트를 요구받으며 거절당하고 낙오된다. 치명적인 경쟁 속에 소모되는 십대들의 처절한 세계가 '명왕성'이라는 단 세 글자의 제목으로 대치된다.

태양계 행성의 수가 하나 줄어든 것에 서운한 마음도 들지만, '행성'이 무엇인지를 생각한다면 명왕성을 왜소행성으로 분류한 것은 이상하지 않은 일이다. 수성, 금성, 화성, 목성, 토성은 맨눈으로도 보이기 때문에, 아주 오래전부터 인류는 밤하늘에서 별과 행성을 구분할 수 있었다. 아주 오래되고 뻔한 개념이었으므로, 행성 개념을 특별히 정의할 필요도 없었다. 태양 주위를 돌면 행성, 그 행성의 주위를 돌면 위성, 위성은 아니지만 행성보다 많이 작으면 소행성, 때때로 태양 주위로 다가와 먼지와 연기를 흩뿌리며 지나가면 혜성이었다. 그런데 관측 기기도 기술도 발전하면서 그런 대강의 분류에 속하지 않는 예외가 많이 발견되었다. 명왕성 근처에서 비슷한 천체가 여럿 발견되자 이들의 정체성이 논란의 대상이 되고 말았다. 명왕성을 행성이라고 하자니 그 이웃들도 모두 비슷한데 그중 누구만 행성이고 누구는 아니라고 하기가 애매모호해졌다. 과학기술은 갈수록 더 발전해 앞으로도 명왕성의 이웃들이 더 많이 발견될 텐데, 2006년에 그 기준을 정하게 되었다. 태양 주위를 도는 둥근 천체 중 궤도를 독점하면 행성, 궤도에 이웃이 있으면 왜소행성으로 정하면서 자연스럽게 명왕성은 왜소행성으로 분류되었다. 명왕성을 발견한 게 미국의 연구팀이라는 사실에 유럽의 천문학자들이 불만을 품고 행성 명단에서 끌어내렸다는 소문은 사실이 아니다.

천체를 분류하고 이름을 붙이는 일은 국제천문연맹이 도맡아 하고 있다. 그렇다고 국제천문연맹에서 전권을 휘두르는 것은 아니고, 발견자에게 이름 붙일 기회를 주며 그 명단을 관리한다. 때때로 전 지구인을 대상으로 공모전을 열기도 한다. 명왕성의 영어 명칭인 플루토Pluto라는 이름도 공모전 당선작이다. 영국의 한 소녀가 로마 신화 속 저승 신의 이름을 제안했던 것이다. 내가 지구 밖 우주에 이름을 붙이다니, 그 이름을 전 세계인들이 영구히 부르게 된다니, 과학자들의 논문에도 그 이름이 사용된다니, 그것 참 근사하지 아니한가.

21세기 들어서는 태양계 안에서보다 바깥에서 행성이 더 자주 발견된다. 지금까지 발견해서 검증도 마친 외계행성이 2020년 기준으로 4300여 개. 꾸준히 늘어나고 있다. 이들은 대부분 발견한 팀에서 붙인 번호로 관리되고 있지만, 가끔은 공모전이 열린다. 지난 2015년, 14개의 별 주위를 도는 총 31개의 외계행성의 이름을 공모했다. 1차로 받은 여러 후보 중 몇 개를 추려 2차는 투표로 결정하는 방식이었다. 우주에 이름을 붙이는 일이니까 중요한 의미를 담은 것으로 고르게 된다. 보통은 신화 속 혹은 실존했던 인물의 이름을 붙이지만, 물건이나 장소의 이름, 혹은 어떤 추상적인 단어가 될 수도 있다. 2차 투표에 어떤 후보가 올라왔나 둘러보았더니 과연 '진실'이라는 뜻의 라틴어에서 본뜬 '베리타테Veritate', 목성의 위성과 토성 고리를 발견했던 천문학자 갈릴레오 갈릴레이의 이름 '갈릴레오Galileo' 등이 올라와 있었다. 그리고 '우동Udon'과 '소바Soba'도 있었다. 방 조명이 어두워서 알파벳을 잘못 읽었나 하고 잠시 먼 데를 보며 눈을 두어 번 깜박깜박해본 뒤 다시 보아도 우동, 소바였다. 그렇다. 어떤 나라, 어떤 문화권에서는 그것이 하늘에 붙일 가치가 충분한 중요 단어일 수도 있다. 지금 우주를 논하고 있는데 이 작은 지구에서 그런 일로 깜짝 놀라다니, 그건 내가 부덕한 탓일 뿐. 민주적 지구인답게 다른 후보에 한 표 보태는 게 내가 할 수 있는 일의 전부였다. 다행히(?) 최종적으로 확정된 외계행성 이름에 음식 이름은 없었다.

2019년에 두번째 공모전이 열렸다. 이번에는 이름 지을 대상을 나라별로 나누어 투표를 진행했다. 우리나라에 배정된 것은 작은곰자리의 별 '8 Umi'와 그 주위를 도는 행성 '8 Umi b'였다. 우리나라 천문학자들이 보현산 천문대의 1.8미터 망원경으로 발견한 첫번째 외계행성이기 때문에 우리에게는 특별한 대상이다. 당신의 지갑 속 만 원권 지폐 뒷면에 나오는 바로 그 망원경이다. 요즘은 지갑에 현금은 없고 신용카드만 있는 경우도 많은데, 우주를 사랑하는 사람이라면 만 원짜리 한 장은 가지고 다니도록 하자. 소개팅에서 특별히 할말이 없을 때 이런 얘기하면 시간 잘 간다.

공모 결과 별의 이름은 '백두', 그 주위를 도는 행성 이름은 '한라'로 결정되었다. 우리 민족의 영산靈山을 기리는 의미이기도 하고 통일을 염원하는 뜻이기도 하다. 백두별까지는 빛의 속도로 520년 정도 가야 한다. 그 주위를 도는 행성 한라는 목성보다 약간 더 무거운, 목성과 비슷한 가스형 행성이다. 지구에 사는 우리에게 발견될 확률은 명왕성처럼 작은 천체보다 목성처럼 덩치가 큰 행성이 높을 수밖에 없다. 명왕성처럼 행성인지 아닌지 정체성을 의심받는 일은 한라에게는 일어나지 않을 것이다. 물론 우리가 한라를 무엇이라고 부르든 한라는 별로 신경쓰지 않겠지만.

뉴호라이즌스의 책임연구자 앨런 스턴 박사는 요즘도 명왕성을 행성이라 칭하기를 주저하지 않는다. 우리가 명왕성을 행성이라 부르든 왜소행성이라 부르든 134340이라 부르든, 사회에서 의도적으로 따돌림받고 소외당하며 존재 자체를 위협받는 자의 심정을 명왕성에 이입시키려 하든 말든 명왕성은 상관하지 않는다. 그 멀고 어둡고 추운 곳에서, 하트 무늬처럼 보여 지구인에게만큼은 특별한 감흥을 불러일으키는 거대한 얼음평원 스푸트니크를 소중히 품은 채 태양으로 연결된 보이지 않는 중력의 끈을 잡고 있을 뿐이다. 그 곁을 오랫동안 지켜온 위성 카론은 명왕성의 위성으로 보기에는 너무 덩치가 커서 위성이 아니라 명왕성과 이중행성계를 이루고 있다고 보기도 한다. 그러나 카론 역시 자신을 무엇이라 부르든 개의치 않는다. 명왕성, 그리고 자신보다 더 작은 여러 위성 친구들과 서로 중력을 주고받으며 아주 오랫동안 멈추지 않을 자신들만의 왈츠를 추고 있을 뿐이다.

계절이 지나가는 시간

팟캐스트에서 이동진 영화평론가가 말한다. 경유지에서 아직 도착하지 않은 짐을 기다리는 동안 읽을 것도, 쓸 것도 없어 눈멀도록 바다만 바라보며 아주 천천히 커피를 마셨노라고. 그러다보니 계절이 지나가는 게 느껴지더라고. 나는 그 말이 너무 좋아서 몇 번이고 돌려 들었다.

시간이 지나가는 것을 처음으로 실감했던 날이 떠올랐다. 연구실의 대학원생 선배들이 개조한 망원경을 자연대 건물 옥상에 올려놓고 저궤도 인공위성 관측실험을 시작한 때였다. 하늘의 별은 하루에 한 바퀴, 그러니까 한 시간에 15도 움직인다. 그래서 아주 희미한 별이나 은하, 성운의 사진을 찍으려면, 망원경을 받친 가대를 천체가 움직이는 속도에 맞춰 천천히 움직이도록 하는 추적 모드로 두고 장시간 노출을 준다. 달, 행성, 혜성의 움직임은 약간 다르지만 대략 비슷한 속도다. 그런데 선배들은 엄청나게 빠른, 저궤도 인공위성을 관측할 생각이었다. 인공위성은 얼마나 높이 떠 있느냐에 따라서 지구를 한 바퀴 도는 데 걸리는 시간이 다르다. 높이 떠서 지구가 자전하는 속도에 맞게 하루 주기로 도는 인공위성도 있지만, 낮은 데에 떠 있는 인공위성은 하루에 지구를 열댓 바퀴 돌기도 한다. 그런 녀석들은 조금 전까지 이쪽 하늘에 있었는데 이삼십 분 만에 하늘을 가로질러 반대쪽 지평선을 넘어가버리는데다 움직이는 방향도 별과 달라서 일반적인 천체관측용 가대로는 추적하기가 어렵다. 선배들은 빠르게 움직이는 인공위성도 관측할 생각이어서, 기성품 가대의 구동부를 조금씩 개조해가며 추적이 되는지 확인하려 했다.

◦◦◦

망원경으로 무언가를 본다는 건 여간 숨막히는 일이 아니다. 망원경의 시야는 대단히 좁아서, 살짝만 건드려도 망원경 속 하늘은 저멀리 달아난다. 공개 관측회에 가서 소구경 망원경으로 뭘 보게 된다면, 부디 두 손은 뒷짐을 지거나 허벅지에 붙여두기를 바란다. 남의 허벅지 말고 당신의 것에. 통일전망대 쌍안경 보듯이 망원경을 손으로 감싸는 순간, 담당자가 탄식을 하며 당신을 밀어내고 삼 분 동안 망원경을 독점할 것이며 뒤에 줄 서서 기다리던 사람들의 눈에서는 레이저가 뿜어져 나올 것이다. 물론 쉬운 일은 아니다. 대개는 눈을 갖다 대는 부분이 어린이에게 편안한 높이에 있기 때문이다. 어린이는 왕이니까. 그게 아니라, 공개 관측회에서는 많은 사람이 잘 볼 수 있게, 주로 높이 떠 있는 천체를 잡아둔다. 지평선 근처에 낮게 뜬 천체는 주변의 건물과 산, 가로등과 빛 공해 때문에 보기가 어렵다. 어떻게 망원경으로 잡아본다고 해도, 한 시간쯤 지나서 지평선 아래로 져버린다면 느지막이 도착한 사람들이 왜 공개 관측회 하는 날 지구 자전을 멈춰놓지 않아서 뒷사람은 못 보게 하느냐고 항의를 할 것이기 때문이다. 그러니 망원경은 머리 위 높은 하늘을 향해 있고, 아래쪽에 붙어 있는 접안렌즈는 낮게 내려온 상태다. 따라서 망원경 속 하늘을 들여다보기 위해서는 스쿼트 자세를 취해야 할 수도 있다. 평소 하체운동이 부족했던 사람이라면 허벅지 위에 손을 올리고 중심을 잘 잡아서 망원경 쪽으로 쓰러지지 않도록 하자. 당신이 건드리지 않아도 지구는 돌고 행성은 별 사이를 돌아다니며,

담당자는 수시로 망원경 시야를 확인하느라 정신이 없다.

처음 뮤지컬을 보러 간 날, 시력도 시원찮은데 주머니 사정까지 시원찮은 바람에 높은 층 비탈 객석에 앉아 거북목을 한 채 눈을 가늘게 뜨고 하염없이 무대를 노려보았다. 그러다 조만간 일층까지 굴러떨어질까봐 신경이 쓰였는지, 초면의 옆자리 관객이 오페라글라스를 빌려줬다. 쌍안경으로 보니 배우의 표정은 물론이요, 특수분장으로 만든 상처의 주름까지 보여 과연 숨이 막힐 지경이었다. 숨이 막힌 이유는 또하나 있었는데, 배율이 아주 높아서 내가 몸을 조금만 움직여도 쌍안경 속에서 배우의 얼굴이 사라졌기 때문이다. 계속 보려면 계속 숨을 참아야 했다. 그러는 동안 옆자리 관객은 내 몫의 산소까지 한껏 들이마셨다. 그러려고 빌려준 것이 틀림없어 보였다.

선배들은 나중에 더 큰 망원경 시스템을 직접 제작하고 슬라이딩 돔도 갖추었지만, 테스트중이던 당시엔 아주 얇은 나무판 같은 것을 직육면체 비슷하게 대강 붙여 관측소를 만들었다. 삼십 년 쓰다 버린 싸구려 장롱이 소나기를 두어 번 맞은 듯한, 아주 아늑한 공간이었다. 망원경은 밖에 세워 놓고, 전선을 관측소 안까지 길게 끌어다 컴퓨터에 연결했다. 초여름이어도 밤공기는 서늘했고, 건물 뒤 연못에서는 때 이른 모기가 출몰했다. 실험 초기라 연구실 선배들이 모두 몰려든데다가 나를 비롯한 학부생 두세 명이 함께 기웃거리는 바람에, 그러잖아도 비좁은 간이 관측소 안에서 우리는 너무 가까이 있어야 했다. 빌 브라이슨의 말을 빌리자면 "어떤 나라에서는 불법일 만큼 가까이". 나가면 춥고 들어오면 답답하니 자꾸만 누군가 나가고 들어왔으며, 그때마다 얇디얇은 문짝은 종잇장처럼 후들거렸다. 집안에서 아이들을 관찰하는 예능 방송을 보면, 거기 있는 걸 모두가 알지만 꿋꿋하게 숨어 있는 'VJ 삼촌'이 있다. 비좁은 유아용 놀이 텐트 안에 몸을 구겨넣은 그들이 반대편 카메라에 잡혀 화면에 등장할 때마다 나는 묘한 동질감을 느꼈다.

∘∘∘

며칠째 이어진 관측과 비좁은 관측소가 조금 지겨워진 나는 동기와 함께 옥상을 산책했다. 그러다가 옥상 바닥에 그대로 누워 밤하늘을 바라보았다. 대학 1학년이었다. 입학만 하면 별이 무엇인지 은하가 무엇인지 본격적으로 배우며 망원경도 실컷 만져볼 수 있으리라는 기대와는 달리, 다른 과학생들과 함께 물리 실험, 미적분학, 컴퓨터 프로그래밍 같은 공통 과목들로 시간표를 꽉 채워야 했다. 우주에 관해 논하는 교양 과목도 있었지만, 교수님들은 형평성을 이유로 우리 과 학생의 수강을 저지했기 때문에, 나는 교양도 없는 인간인 채로 졸업하게 될 우려가 있었다.

대학원생 선배 몇몇과 친해진 김에 첫 학기가 끝나기도 전부터 학부 연구생 노릇을 자처하게 된 것도, 뭔가 '천문학 전공자'가 할 법한 일을 해보고 싶어서였다. 입학 동기 중 몇몇은 자기 망원경을 갖고 있거나 아마추어 관측 경험이 있었지만, 나는 대학에 들어오기 전까지 망원경이라는 것을 만져보기는커녕 가까이에서 본 적도 없었다. 과학 잡지에서 본 은하와 성단 사진, "나는 천문학과에 갈 거야"라며 직접 찍은 별 사진을 보내주었던 중학교 동창, 각자 다양한 방면으로 괴짜였지만 늘 내면에서 우러나오는 즐거움을 머금고 있는 것이 공통점이었던 고등학교 지구과학 선생님들. 그것이 대학 입학 전까지 천문학에 대해 접해본 전부였다. '천문학 전공자'라는 알량한 이름은 내게 전혀 어울리지 않았다.

대학에 입학한 뒤에야 별자리 책을 하나 사서, 별을 보기에는 너무 밝은 도시의 밤하늘과 책 속 별자리 그림을 한두 개씩 맞춰보았다. 그런 내가 그날 자연대 옥상에 누워서 처음으로 돌고래자리를 발견했다. 여름밤 은하수 근처에 수줍게 빛나는, 꼬리가 달린 다이아몬드 모양의 별자리. 작은 방패연 같기도 하고, 과연 작은 돌고래가 물 밖으로 잠시 뛰어오르는 것도 같은 돌고래자리는 작고 어두워서 도시에서는 한참을 바라보아야 찾을 수 있다. 친구와 대화를 하는 둥 마는 둥 하며 가만 누워 밤하늘을 보고 있던 그때, 돌고래가 조금 움직인 게 아닌가! 우리가 있던 곳 주변에는 멀고 가까운 낮은 산들이 지평선 위로 불쑥불쑥 올라와 있었다. 동쪽 하늘에 아주 낮게 떠 있던 돌고래자리가 20분쯤 지나자 조금 더 높아져 아까보다 산에서 더 멀어진 것이 보였다.

별은 북극성을 중심으로 하루에 한 바퀴 돈다고 교과서에서 배우긴 했다. 동심원을 그리는 별의 궤적이 찍힌 일주 사진도 여럿 보았다. 별이 움직이는 것은 지구의 자전 때문이니 그 속도는 하루에 한 바퀴, 360도를 24시간으로 나누면 한 시간에 15도다. 의심의 여지가 없는 단순한 계산. 천문학을 책으로 배운 내게는 그저 단위 환산 과정에서 튀어나오는 여러 숫자 중 하나일 뿐이었다. 그날, 돌고래가 내 마음 속에서 뛰어오르기 전까지는.

돌고래자리를 생각하면 그날의 풍경이 함께 떠오른다. 초여름밤 자연대 옥상의 약간 서늘한 공기, 주변 건물의 조명과 교내의 가로등과 도심에서 오는 불빛 때문에 부옇게 밝은 하늘, 신갈 호수와 매미산 사이로 살짝 떠오른 작고 희미한 돌고래자리, 내 기억력과 시력을 동시에 의심하며 머뭇거리다 마침내 확신을 얻었을 때의 어린애 같은 기쁨. 그렇게 배운 별자리는 잊을 수가 없다.

내가 고요히 머무는 가운데 지구는 휙, 휙, 빠르게 돈다. 한 시간에 15도, 그것은 절대로 멈춰 있지 않는 속도다. 별이 움직이는 것이 느껴져 눈을 휘둥그레 떴던 밤을 기억한다. 밤도 흐르는데, 계절도 흐르겠지. 나도 이렇게 매 순간 살아 움직이며, 인생을 따라 한없이 흘러가겠지. 내가 잠시 멈칫하는 사이에도 밤은 흐르고 계절은 지나간다. 견디기 힘든 삶의 파도가 한바탕 휩쓸고 지나간 뒤에는 물 아래 납작 엎드려 버티고 버텼던 내 몸을 달래며, 적도의 해변에 앉아 커피 한잔 놓고 눈멀도록 바다만 바라보고 싶다. 한낮의 열기가 다 사위고 나면, 여름밤의 돌고래가 내게 말을 걸어올 것이다. 가만히 있어도 우리는 아주 빠르게 나아가는 중이라고. 잠시 멈췄대도, 다 괜찮다고.

여행길 음악

아이들과 떠나는 장거리 여행길, 나는 음악을 준비한다. 아이들이 좋아하는 동요나 애니메이션 주제가에다 신나는 댄스음악을 다양하게 섞는다. 그 사이사이에 내가 교복 입던 시절, 야간자습시간에 몰래 듣던 추억의 노래들도 넣어서, 각자가 좋아하는 음악이 번갈아가며 나오도록 아주 신중하게 재생목록을 편집한다. 처음에는 자기 노래 순서가 돌아오기만을 기다리지만, 그러다 서로의 취향이 만나기도 한다. 큰애가 요청한 레드벨벳의 중독성이 강한 노래 〈짐살라빔〉의 후렴구는 동생이 더 큰 소리로 따라 부르고, 큰애는 내가 넣어놓은 보아 노래 중 〈내가 돌아〉의 순서가 돌아오기를 함께 기다린다. 차가 막히면 형돈이와 대준이의 〈올림픽대로〉를 따라 부르고, 신나게 달릴 때는 인큐버스의 〈Anna Molly〉를, 뒷자리의 아이들이 잠들면 안토니오 카를로스 조빔의 〈The Girl from Ipanema〉를 듣는다.

무엇보다 여행길을 들뜨게 하는 노래는, 음악가들이 함께 여행하는 TV 프로그램에서 부른 노래다. 따라 부르노라면 그들과 함께 여행하는 기분이 들어 즐겁다. 최근에는 〈이타카로 가는 길〉에서 이홍기, 하현우, 윤도현이 함께 부른 〈풍선〉이 우리 차에서 가장 핫한 곡이다. 첫 캠핑 가는 길, 내내 그 노래를 수십 번이나 반복해 들은 바람에 도착했을 무렵에는 세 가수가 번갈아가며 부른 부분을 완벽히 구별하는 것은 물론, 코러스 부분에서 화음을 넣은 것까지 각각 따라 부를 수 있게 되었다.

음악이 없다면 낯선 타지에서의 두려움과 떨림, 떠나서 머무르고 되돌아오는 행위 자체에서 오는 그 피로를 어찌 덜어낼 수 있을까. 학회 참석차 타국에 머물게 되면, 나는 한국에 있을 때보다 음악을 많이 듣는다. 시차의 피로, 발표할 자료 중 행여나 뭐라도 빼먹은 건 아닐까 하는 조바심, 서로 다른 나라에 살기에 학회에서나 만나게 되는 공저자들과의 회의를 앞둔 긴장감, 향후 함께 일할 기회가 있을지도 모를 잠정적 공동연구자를 한 명이라도 더 확보해야 한다는 압박감 따위와 맞서려면 이어폰이 꼭 있어야 한다. 처음 와보는 도시, 혹은 여러 번 와봤지만 여전히 낯선 도시의 출퇴근길에, 내 핸드폰에 어느 나라의 유심 카드가 꽂혀 있든 간에 '멜론'이나 '지니' '벅스'가 음악을 내 귀에 꽂아준다는 이 기적이야말로 신께서는 전형적 집순이요, 내향성 인물인 나까지도 애써 굽어살피신다는 증거가 아니겠는가. 신의 가호 아래 나는 이번 출장도 잘해내리라, 작은 성공이라도 얻으리라, 스트레스와 시차로 인한 불면의 밤도, 없던 감기도 만들어주는 호텔 방의 건조함도 이겨내고 집까지 무사히 돌아가리라. 여비 정산에 필요한 영수증을 단 한 장도 잃어버리지 않은 채.

천문학자들은 우주에 가보고 싶지 않느냐는 질문을 자주 받는다. 게다가 달 과학을 한다니, 살아생전에 못 간다면 죽어서 뼛가루라도 달에 뿌려지길 바랄 사람이 아닌가! 흠. 뼛가루가 되어서라면 모를까 살아서는 가고 싶지 않다. 미국이나 유럽까지 비행기를 타고 가는 열 몇 시간. 비좁은 좌석에 스스로 갇힌 채로 책을 읽고, 영화를 보고, 꾸벅꾸벅 졸다 깨서 숫자 퍼즐 전문가 단계를 수십 판 깬 뒤에도 여전히 구름이 발아래 펼쳐져 있으면 옆자리 승객의 눈치를 보며 한껏 내적 몸부림을 쳐보는 나다. 이봐요, 이 상태로 지구에서 달까지 간다고요? 저 여기서 좀 내릴게요. 그래요, 지금 당장요. 약은 약사에게, 과학은 과학자에게, 그리고 탐험은 탐험가에게 맡깁시다. 저의 지구력은 지구에서만 발휘할 수 있거든요.

◦◦◦

우주에 관한 수많은 노래 중 내가 좋아하는 것은 메이비의 〈어 레터 프롬 에이벨 1689〉라는 곡이다. 에이벨은 은하단을 조사하고 목록으로 만들었던 천문학자의 이름으로, 그가 남겨둔 은하단 목록은 오늘날에도 쓰이고 있다. 에이벨 1689는 에이벨 목록에 올라 있는 1689번째 은하단을 뜻한다. 처녀자리 부근에 있는 이 은하단은 지구로부터 대략 22억 광년 떨어져 있다. 1광년은 빛이 1년 동안 가는 거리이고, 빛은 우주에서 가장 빠른 신호다. 그러니 오늘날 우리가 보는 에이벨 1689의 사진은 사실 22억 년 전의 모습이고 지금쯤은 달라졌을지도 모른다. 그럴 리는 없겠지만 만에 하나 에이벨 1689에서 핸드폰이 터진다 해도, 지구에서 보낸 문자를 빨라야 22억 년 뒤에나 받을 수 있다. 문자도, 편지도, 수신자에게 도달되기에는 너무 먼 곳이다. 연인과 헤어지고 나면 같은 지구상에 있어도 문자를 보낼 수 없는 사이가 될 수도 있다. 하물며 에이벨 1689만큼 떨어져 있다면 어떨까. 아득히 먼 그곳에서 망설이고 망설이다 한 글자씩 꾹꾹 눌러 쓴 편지는 아무리 일찍 부쳐도 이미 늦었다. 그래서 가슴이 아리다.

대학 교양 과목으로 천문학을 가르칠 때, 수강생 중에 무명 래퍼가 있었다. 래퍼들이 대부분 그렇듯이 곡도 쓰고 가사도 쓰고 직접 부르기도 하는 친구였는데, 명왕성을 주제로 곡을 만들고 녹음까지 해서 과제로 제출했다. '우주'를 소재로 하는 사업계획서 만들기 과제를 내면서, 객관적인 채점을 위해 부디 예술작품만은 제출하지 말아달라고 신신당부했다. 그러나 래퍼 학생께서는 명왕성에 깊은 영감을 받았는지 평가상 불이익을 감수하겠다며 꼭 받아달라고 했다. 하지 말라는 과제를 해왔으니 좋은 점수를 줄 수는 없었지만, 나는 명왕성을 생각할 때마다 그 학생의 과제가 떠오른다. 지금쯤은 괜찮은 음악가의 길을 걷고 있을까? 행성으로 인정받지 못한 명왕성과는 달리, 음악인으로 분류되는 삶을 살고 있을까? 인생이라는 여행에서 그의 길은 어떤 음악으로 채워져 있을까?

그러고 싶지는 않지만, 달에 꼭 달 과학자를 보내야 한다면, 행성에 꼭 행성과학자를 보내야 한다면, 그리고 그게 나여야만 한다면, 나는 우주 디제이에게 래퍼 학생이 과제로 제출했던 음악 파일을 틀어달라고 부탁하겠다. 행성이 아니지만 행성이었던 명왕성처럼 과제로 인정받지 못한 과제였던 그 노래를 들으며, 우주 항해의 괴로움을 과제 채점의 괴로움으로 잊어볼 수 있지 않을까 한다.

2024년 다시 달로 향할 미국의 우주비행사는 BTS를 들으며 우주를 항해할 예정이다. 우주에서 그들이 떠나온 지구를, 그 안에 반짝반짝 빛나는 우리 모두를 돌아볼 것이다.

지구 밖으로 나간 우주비행사처럼 우리 역시 지구라는 최고로 멋진 우주선에 올라탄 여행자들이다. 어쩌면 그래서 우리의 생이 그토록 찬란한 것일까. 여행길에서 만나면 무엇이든 다 아름다워 보이니까. 손에 무엇 하나 쥔 게 없어도 콧노래가 흘러나오니까.

우리,
태양계 사람들

1969년 7월, 아폴로 11호의 닐 암스트롱 선장은 착륙선의 사다리를 타고 달 표면에 첫발을 디디면서 "한 사람에게는 작은 발걸음이지만 인류에게는 거대한 도약"이라는 명언을 남겼다. 그곳의 환경을 기록하고, 사진으로 남기고, 낯선 땅의 흙과 돌을 채집한 두 사람은 다시 달 궤도로 올라와 사령선과 재회하는 데 성공했고, 세 사람 모두 무사히 지구로 돌아왔다. 같은해 우리나라에는 대한항공이라는 회사가 생겼고, MBC 방송국이 개국했다. 그리고 삼선개헌이 이루어졌다. 그러거나 말거나, 아폴로 11호가 성공적으로 달에 다녀온 지 넉 달 만에 아폴로 12호의 달 방문이 또다시 전 세계에 생중계됐다.

우주경쟁시대는 2차세계대전 종결 이후 시작된 '우아한' 종류의 전쟁에서 촉발되었으나, 해를 거듭할수록 지구상에서 가장 우월한 국가라는 타이틀을 거머쥐려는 정치적 목적은 희미해지고, 지구 밖 우주 공간의 매력에 푹 빠져 미지의 세계를 탐험하고 우주라는 대자연을 탐구하려는 과학적 목적이 더 짙어졌다. 미국과 소련은 달뿐 아니라 여러 행성에 수많은 탐사선을 보냈다. 어느샌가 유럽도 합세했고, 90년대 들어서는 일본이, 21세기에는 중국, 인도, 이스라엘이 우주 탐사에 뛰어들었다. 우리나라는 아직 그 흐름에 함께하지 못했으므로 지금까지의 모든 우주 탐사 자료는 외국산이다. 우주를 탐사하는 과학자들의 전통은 너그럽다. 통상 일 년 전후의 독점 기간이 지나면 관측자료의 대부분을 공개한다. 탐사에 참여하지 않은 동방 어느 작은 나라의 대학원생도 인터넷으로 자료를 내려받을 수 있다. 모두 남의 나라 국민이 낸 세금으로 남의 나라 과학자와 남의 나라 기술자가 이뤄낸 성과다. 이래도 되는 걸까 싶었다.

대학원생 시절, 미국이나 유럽의 행성천문학회에 가면 아시아 사람이 많지 않았다. 그나마도 아시아인의 대부분은 현지에서 자리잡은 중국인 교수와 그의 중국인 제자들이었고, 나머지 소수는 일본인이었다. 내가 한국에서 왔다고 말하면 내 지도교수가 누구인지 바로 알아차리는 사람도 많았다. 그들은 내게 묻곤 했다. 한국에 행성과학자가 몇 명이나 되느냐고. 그러면 나는 능청을 떨며 대답했다. 원래 세 명인데 이번 주엔 다 여기 학회에 와 있어서 지금은 한 명도 없다고. 그들은 나의 그런 농담을 우습다고 좋아했지만, 사실 그건 농담이 아니었다. 능청도, 그다지 엄청난 과장도 아니었다.

그 학회에는 한국 학생들을 유독 반겨주는 분들이 계셨다. 그들의 나라가 지금보다 더욱 독보적으로 강했던 시절, 그 국가적 성공신화에 불을 지핀 행성 탐사를 자랑스럽게 도맡았던 과학자들이었다. 이제는 원로가 된 그들 가운데에는, 당시 한국에서 아이를 입양해 키운 분들이 있다. 내가 한국에서 왔다는 것을 알면 옆에 앉혀놓고 지갑에서 한국계 자녀의 사진을 꺼내 보여주며 이미 성인이 된 자녀가 얼마나 사랑스러우며 자랑스러운지 말해준다. 영어 이름과 한국 이름을 각각 알려주며, 한국 이름이 영어 이름의 이미지에 어울린다거나, 한국 이름의 뜻과 발음이 좋다는 말을 듣고 싶어한다. 그보다 아래 세대의 과학자들 중에는 배우자가 어릴 적 입양된 한국계인 경우도 있다. 내 얼굴을 유심히 바라보다 다가와서는 한국인이냐고 묻는다. 내가 그렇다고 하면, 씩 웃으며 자신이 어떻게 중국인과 일본인 사이에서 한국인을 구별해낼 수 있게 되었는지 털어놓는다.

반면 내 또래의 대학원생들은 내 피부나 머리카락의 색깔에 별 관심을 보이지 않는다. 여행이나 출장을 제외하면 평생 한국에서만 살아온 나의 어색한 영어에도 신경쓰지 않고, 내가 알아듣거나 말거나, 평소 그들이 사용하는 젊은이들의 단어를 쓰며 빠르게 얘기한다. 원로 학자들과는 다르게, 그들은 미국도 유럽도 경제위기로 힘들어하는 시기에 대학원을 다니고, 첫 직장을 구해야 하는 운명이었다. 게다가 냉전시대의 행성 탐사 주역이었던, 그때는 젊었고 지금은 원로가 된 학자들이 아직 퇴직하기 전이라서 행성 분야는 신입 연구원을 받을 수 있는 남은 자리가 없다. 어떤 기관은 행성 분야 연구자를 위한 정규직 자리가 십 년 만에 겨우 하나 나온 참이었다. 어느 나라에서 왔든 모두가 치열한 경쟁자인 것이다.

나를 어필하고 각인시키려면, 그 대상이 나보다 나이가 많은 학자들이든 내 또래든 간에, 나는 놀랄 만큼 뛰어난 대학원생이거나, 독특한 관측자료를 손에 쥐고 있거나, 특별한 관측장비에 쉽게 접근할 수 있어야 했다. 나는 어느 쪽도 아니었다. 평범한 대학원생이었고, 자료 독점 기간이 지나 일반에 공개된 자료를 활용했다. 당시 내 연구 대상이었던 타이탄은 한국에서 제일 큰 망원경으로 봐도 거의 점광원에 가까운 몇 픽셀짜리 천체였는데, 미국과 유럽은 타이탄에 탐사선을 보내 표면 지도를 그리고 있었다.

미국의 과학자들이 미항공우주국이라는 이름과 그 화려한 우주 탐사 이력에 끝없는 자부심을 드러낼 때, 나는 그 영광을 함께 실감할 수 없었다. 아폴로 우주인의 달 착륙이 전 세계에 생중계되던 시절은 내가 태어나기 전이다. 나는 우주 사진이라면 과학 잡지와 인터넷에서 질리도록 볼 수 있는 환경에서 자랐다. 학회에서 우주탐사선이 막 보내온 새로운 관측자료가 발표될 때, 할리우드 영화 관객처럼 흥분하고 감동하는 타국의 과학자들 사이에서 나는 어리둥절하곤 했다. 머리로는 이해할 수 있었다. 달과 행성을 탐사하는 것은 그들에게 국가적 사업이었고, 어쩌면 과학 이상의 의미가 더해져 있을 것이다. 예를 들어 우리나라의 전통 가옥이나 일제강점기 시절 건축물을 연구하는 사람이라면 자신의 연구 주제에 대해 학문적 흥미 이상의 특별한 애착과 긍지를 느낄 것이므로.

행성 탐사를 해본 적 없는 국가의 행성과학자로서 갖고 있던 그 자격지심과 부채감을 어느 날 입 밖으로 내보이고 말았다. 한국계 가족이 있는 것도 아니면서 유독 내게 다정히 대해주고 지지해주는 미국 학자에게였다. 내 얘기에 그는 조금 놀라는 듯했다. 한번도 그런 생각은 해보지 못했다고 했다. 그에게 한 번 더 물었다. 그와 나의 공동연구자 중에는 옛 소련에서부터 활동해왔던, 지금은 우크라이나인이 된 원로 과학자가 있다. 우주경쟁시대 초반에는 소련이 늘 미국보다 한발 앞서나갔는데 아폴로 우주인의 달 착륙으로 인해 상황이 역전되었을 때, 그때도 달 과학자였던 그는 어떤 기분이었을까 하는 질문이었다. 그 얘기라면 이미 나눠본 적이 있다고 했다. '우리'가 사람을 달에 보내서 기뻤다고 했단다. '우리'는 미국인도, 미항공우주국 관계자도 아닌, 인류 전체였다. 이번엔 내가 조금 놀랐다. 과연 못난 자격지심이었구나.

과학 논문에서는 항상 저자를 '우리we'라고 칭한다. 물론 과학 논문은 대부분 여러 공동연구자가 함께 내용을 채워 넣기 때문에, 우리라고 쓰는 것이 당연해 보인다. 문제는 학위논문이다. 석사학위와 박사학위 논문의 저자는 당사자 한 명인데, 그래도 논문을 쓰는 저자를 자칭할 때 '우리'라고 하는 것이다. 내가 학위논문을 쓸 무렵에는 교수님들도 그렇게 하라고 하시고 선배들도 그렇게 했기에 그냥 그런가보다 하고 따라 했다. 그 이유를 알게 된 것은 학위를 받고도 한참이 지난 후였다. 연구는 내가 인류의 대리자로서 행하는 것이고, 그 결과를 논문으로 쓰는 것이다. 그러니 논문 속의 '우리'는 논문의 공저자들이 아니라 인류다. 달에 사람을 보낸 것도 미항공우주국의 연구원이나 미국의 납세자가 아니라, '우리' 인류인 것이다. 그토록 공들여 얻은 우주 탐사 자료를 전 인류와 나누는 아름다운 전통은 그래서 당연하다.

우리나라도 이제 달 탐사를 시작하려고 한다. 국민들에게 감사한다. 한국형 달 탐사선이 얻은 관측자료를 전 세계와 나눌 차례다. 그리고 동시에, 그런 성과는 우리나라가 혼자서만 잘해서 얻은 것은 아님을 생각한다. 유사 이래 인류가 쌓아온 지식을 교육받고 서로의 연구를 공유하고 참조해가며 쌓아온 기반 위에서 이루어지는 것이다. 기쁜 마음으로, 지구상의 전 인류에게 '우리' 관측자료를 내어놓을 그날을 기다린다.

에필로그

학부모 모임에 갔다가 과학자 얘기가 나왔다. 우리 어릴 적엔 장래희망에 과학자나 선생님, 대통령 같은 전형적인 단골 답이 있었는데 요즘은 그렇지 않다더라는 이야기를 나누다가 어떤 학부모가 이렇게 말하는 걸 들었다.

"요즘 세상에 과학자가 어디 있어요?"

서로 아이들 이름은 나누었지만 정작 대화하고 있는 당사자들끼리는 이름도 나이도 직업도 흐릿하게만 아는 사이. 나는 움찔해서 '저, 실은 여기 당신 눈앞에도 한 사람 있어

요오오오오……'라고 생각만 하던 참에 그 말은 이렇게 이어졌다.

"과학자는 다 회사에 있지. 회사에 있는 사람들이 과학자지 뭐야 요즘은."

대기업에서 스마트폰에 신기능을 불어넣는달지, 둘둘 말아 보관할 수 있는 TV를 만든달지 하는 사람들이 과학자라는 말에 다른 이들도 별 흥미 없이 그저 고개를 끄덕여주었다. 어차피 아이들의 장래희망 얘기를 하던 중이었고, 아이들에 관한 것 외의 다른 이야기는 드물게 등장했다가도 삽시간에 흩어지고 화제는 다시 아이들의 이야기로 돌아갔다. 과학자의 정체성을 묻는 질문으로부터 파생된 생각의 늪에 빠져 헤어나지 못한 것은 나뿐인 듯했다.

생각해보면 그 말은 틀린 구석이 하나도 없다. 구석진 골방에 들어앉아 아무도 알지 못할 문제로 깊은 고민에 빠지곤 하는 괴짜만을 과학자라고 부를 필요는 없지 않은가. 과학자들은 우리 삶의 다양한 부분에 스며들어 있다. 실험이나 관측을 하는 사람도 있고, 그걸 분석하는 사람도 있고, 컴퓨터로 시뮬레이션하는 사람도 있고, 그런 과정에서 새로이 필요한 기기를 개발하는 사람도 있다. 과학자들로 가득

찬 연구소를 잘 운영하기 위해 고군분투하는 사람도 있고, 보다 효과적인 과학정책을 추진하기 위해 애쓰는 사람도 있다. 그런 일을 하는 이유가 자신의, 혹은 자신이 속한 기업의 상업적 이윤일 수도 있고, 과학 지식의 발전을 도모해서일 수도 있고, 그저 자신의 월급일 수도 있다. 당장의 현실적 대가 없이 미래를 위해 과학을 배워나가는 사람도 있다. 분명한 것은 그 모두가 다 과학자라는 점이다.

과학자는 무엇이고 연구자는 또 무엇인지, 직업 과학자의 세계에 발을 내딛게 된 지금도 그건 내게 아직 어려운 문제다. 학생일 때는 어른들이 물어다주는 주제와 소재에 의존하면서 대학원생도 과연 연구자라고 할 수 있을까 자문했다. 그땐 자신이 없었지만 대학원생들과 함께 일해본 경험이 쌓인 지금은 '그렇다'는 걸 안다. 학위를 마치고 박사후 연구원이나 연구교수 같은 연구전담인력으로 일할 때는 연구비와 급여를 충당하기 위해 계속해서 연구 과제를 수주했다. 과제를 위한 행정 업무와 더불어 각종 채용공고에 지원서를 쓰는 데 많은 시간을 투자하다보니, 그저 서류 작성하는 기계가 된 느낌도 들었다. 하지만 그것도 과학자로서 존재하는 데 필수불가결한 일임을 곧 알게 되었다. 지난여름, 연구소로 자리를 옮긴 뒤에는 좀더 큰 규모의 연구사업이 잘 진행되도록 하는 데 힘을 보태고 있다. 이곳에서 일하는 동안 과학자가 하는 일의 종류가 얼마나 다양한지 더욱 실감하게 될 것 같다.

과학자가 하는 일 중에 내가 아직 잘 모르는 것이 또하나 있다. 과학자도 에세이를 쓰는가 하는 것이다. 책을 쓰는 과학자도 있지만 쓰지 않는 사람이 더 많다. 책을 쓰더라도 대개는 전문적 내용을 쉽게 풀어주는 책이나 대학의 교재를 집필한다. 하지만 그런 책을 쓰기에는 스스로가 아직 너무 초짜라고 여기는 일종의 '가면 증후군'에 시달리고 있다. 초보 연구자의 고군분투기를 쓰기에는 허구한 날 연구실 모니터 앞에 앉아 있는 나의 삶이 지나치게 단조롭다. 나는 좀처럼 실험실에도 들어가지 않고, 천체 관측을 위해 오지의 천문대로 떠나지도 않으며, 남극이나 우주에도 가지 않으니 말이다. 그래서 처음에는 스스로에게 묻고 또 물었다. '대체 어떤 책을 쓴다는 거야?' 원고를 쓰는 데 하등 도움이 되지 않는 그 질문을 오래도록 품고 있다가 문득 정신을 차렸다. 책장에 꽂힌 김중혁 작가의 책 제목이 눈에 들어왔다. '뭐라도 되겠지.'

뭐라도 되려면, 뭐라도 해야 한다고, 그리고 뭐라도 하면, 뭐라도 된다고, 삶은 내게 가르쳐주었다. 그래서 안갯속 미지의 목적지를 향해 글을 썼다. 그래서 '어떤' 책이 되긴 되었다.

요즘 세상에 과학자가 어디 있는지에 대한 답은 아직도 구하지 못했다. 하지만 그 질문을 다시 말하면, 요즘 세상에 과학자는 어디에나 있다는 뜻이기도 하다. 그러니까 학계에서 권위 있는 상을 받거나, 최고급 기술을 개발하거나, 훌륭한 인재를 수없이 길러내는 사람 외에도 다양한 과학자가 있다. 나중에 뭐가 될지는 모르지만 아직은 특출난 것 없는 연구자, 특별한 계기나 인상적인 에피소드 하나 없이 과학자가 되어 그저 그날의 할 일을 묵묵히 해나가는 사람, 그런 평범한 과학자는 더 많이 있을 것이다. 그중에 자신과 꼭 닮은, 소소한 에세이를 쓰는 과학자 한 명쯤 더 있다고 해도 괜찮을 것 같다.

책을 완성하기까지 꼬박 열 번의 계절이 지나갔다. 계절이 멀어지고 또다시 돌아오는 시간 중 대부분은 글을 쓰는 게 아니라 나는 누구이며 이 책은 어떤 책인가, 이 책이 '뭐라도' 되었을 무렵에 나는 어떤 사람이 되어 있을 것인가를 고민하는 데 소모되었다. 그렇게 무척 쓸모없었고 대단히 중요했던 열 계절을 기꺼이 맞이한 끝에 이렇게 이 책의 마지막 마침표를 찍는다. 이 한 권의 책에는 작은 구두점이지만, 어느 별 볼 일 없는 천문학자에게는 또하나의 우주가 시작되는 거대한 도약점이다.

천문학자는 별을 보지 않는다

1판 1쇄 2021년 2월 22일 | 1판 24쇄 2024년 8월 16일

지은이 심채경
기획·책임편집 박영신 | 편집 황수진 김소영
디자인 강혜림 | 저작권 박지영 형소진 최은진 오서영
마케팅 정민호 서지화 한민아 이민경 안남영 왕지경 정경주 김수인 김혜원 김하연 김예진
브랜딩 함유지 함근아 박민재 김희숙 이송이 박다솔 조다현 정승민 배진성
제작 강신은 김동욱 이순호 | 제작처 영신사

펴낸곳 (주)문학동네 | 펴낸이 김소영
출판등록 1993년 10월 22일 제2003-000045호
주소 10881 경기도 파주시 회동길 210
전자우편 editor@munhak.com | 대표전화 031)955-8888 | 팩스 031)955-8855
문의전화 031)955-2696(마케팅), 031)955-1905(편집)
문학동네카페 http://cafe.naver.com/mhdn | 인스타그램 @munhakdongne
문학동네트위터 @munhakdongne | 북클럽문학동네 http://bookclubmunhak.com

ISBN 978-89-546-7725-7 03810

www.munhak.com